集英社文庫

エミリー

嶽本野ばら

集英社版

目次

エミリー

Emily

レディメイド

readymade

貴方《あなた》の前に出ると、何時《いっ》も私は妙にぎこちないのです。カットサロンに行って、シャンプーをされる時、お湯加減に逐一《ちくいち》文句をつけるといって友人から驚嘆、というか呆《あき》れられるような主張の激しい私なのに、カフェーで空《あ》いている席にお座り下さいといわれれば、空いていない席に座る人はいないでしょとウェイトレスについ突っ込んでしまう口の過ぎる私なのに、貴方の姿を見ると、貴方に話し掛けられると、とたんに私は言葉を失ってしまうのです。貴方が悪いのです。だって、貴方は私以上にとても意地悪なのですから。貴方の話は常に暗号のよう、仕草《しぐさ》すら謎《なぞ》めいている。コーヒーをいれて貰《もら》えるかなという貴方のごく日常の注文に、はいと応《こた》えてコーヒーをデスク迄《まで》運んでいくと、貴方は暫《しばら》く私の指先をじっと真剣に見つめ、首を捻《ひね》ったかと思うと可笑《おか》しそうに微笑《ほほえ》み、そして事務的に有《あ》り難《がと》うといいます。貴方が何故《なぜ》に私の指先を凝視《ぎょうし》したのか、そしてその後の微笑みが何だったのか、私は気になって仕事に手がつけられません。

同性の同僚や先輩は貴方のことを、少し風変わりな人だとしか思っていないようです。たとえ上司であろうと取引先の重要な相手であっても、プライベートで食事に行ったり、遊びに行ったりということを滅多《めった》にしない貴方は、確かにサラリーマンとしては異質な存在でした。決して他人とのコミュニケーションを疎《うと》んじている訳ではないのです。貴方は仕事に於《お》いて馴《な》れ合うことは意味のないことだと考えているようでした。休憩時間にたわいもない無駄話を貴方はします。が、ゆっくり食事でもしながら話を詰めましょう——というふうに相手から提案されると、いともあっさりこう応えるのです。「食事をするなら食事をしましょう。仕事の話をするなら仕事の話をここでしましょう。ここでは落ち着かないというのなら、静かな会議室を用意します。お互い、ビジネスライクな方が、余計な気疲れをせずに済むでしょう。食事は家で摂《と》った方が、家族の方《かた》も悦《よろこ》ばれますよ」。

クールといえばクール、知的といえば知的なんだけれど、男性としての可愛《かわい》げがないのよね。弱みを絶対に人に見せないっていうか……。だから母性本能が疼《うず》かないのよ、あの人には。それに私生活が見えない分、ミステリアスでしょ。ミステリアスというか、恐いでしょ。時々、とても難しい、専門的な話とかを平気で始めるし……。家に帰ればコツコツと時限爆弾を作っていたりしそうじゃない？　同期で入社した或《あ》る友人は、貴方をそう評しました。彼女の意見は貴方を知る人達に概《おおむ》ね、受け入れられました。

NYから日本に三度目のMoMA展がやってきました。場所は上野の森美術館。私は貴方が昔、大学院で美学を専攻していたというのを誰かから聞いたことがありました。貴方に私は六年前、まだ学生だった頃、やはり上野の森美術館で開催されたMoMA展に行ったことがあることを伝えました。恥ずかしながら、私は貴方の関心を惹《ひ》きたかったのです。シニカルなポーズを崩して貴方が美術展の話に食い付いてくることを私は願いました。が、やんぬる哉《かな》、貴方はふうんとつまらなそうな顔をして（嗚呼《ああ》、本当に意地悪……）、こういうのです。

「僕は八年前に行ったな」

八年前？――六年前の間違いではないのですかと返すと、貴方は含み笑いを浮かべながら応えます。「実際のMoMAに行ったのさ。MoMA――正式にはニューヨーク近代美術館。マンハッタンの高層ビルの中で六つのフロアを占領する近代美術、現代美術の殿堂《でんどう》にね」。

私は何故《なぜ》かとても恥ずかしくなりました。そして貴方に馬鹿《ばか》にされてはなるまいと、今回の展覧会に関する知識を披露しようと頑張りました。

「今回のMoMA展は、前回、前々回の展覧会より、コレクションの中でもかなり重要な、本来は門外不出《もんがいふしゅつ》の見ごたえのある名作が沢山《たくさん》来ているそうです。例えばシャガールの『誕生日』やアンリ・ルソーの『夢』などが出展されているそうです」

「何故、門外不出の作品をMoMAが貸し出す気になったんだろうね」

「キュレイターの尋常《じんじょう》ならぬ熱意がMoMAを動かしたんだと思います」

「残念ながら不正解だね。MoMAは今、増改築中なのさ。新しいMoMAが完成するのは再来年くらいになるらしい。だから、何時《いっ》もは貸し出さない作品も貸し出してくれた。自分のところでは展示出来ないからね。でも本当の本当に門外不出の作品は、決して貸してはくれないよ」

私はMoMA展の話を貴方にしたことを後悔していました。普通の人が私の呼び掛けに対し、こんなに素《そ》っ気《け》のない、というか嫌《いや》みな返答をしたならば、私は思いきり、その人の後頭部を定規《じょうぎ》の角で殴っていたことでしょう。でも私は貴方に対してはそんな粗暴な、というか私らしい行動を取れないのです。私は次に発する言葉を探しあぐねて、俯《うつむ》いたまま沈黙してしまいました。すると、意外なことに今度は貴方が口を開きました。

「君はどんな画家が好きなの？」

私は焦《あせ》りながらも、応えます。

「ええと……マティスが、好きです」

「マティス、ねぇ。フォーブ、つまり野獣《やじゅう》派の先陣と呼ばれた画家だ」

「はい。でも私、フォーブの作品は粗っぽくて、本当は好きではないんです。でもマティスだけは別です。大胆な色彩と構図でも、彼の作品は決して毒々しくなくて、激しさや粗暴さよりも、優雅さを感じさせてくれるんです」

「今、来ているMoMA展には、マティスの代表作が結構、揃《そろ》っているらしいね」

「……そうなんです。あの、『青い窓』という油彩も展示されているんです。初めて私がマティスを知ったのは、この絵でした。淋《さび》しくて静かで、でも何処《どこ》か安心させてくれる夢見るような優しさを持った絵なんです。――ご存知、ですか？」

「知らない。僕はマティスなら『赤いアトリエ』が好きだ。実物はNYのMoMAで観《み》たよ。僕はあの作品が彼の最高傑作だと思うね。MoMAのコレクションだけれど、今回は来ないらしい」

「……それじゃ、今回のMoMA展には行かれないんですか？」

「そうだね。迷っているけれど、デュシャンの『自転車の輪』と『処女から花嫁への移行』が出展されているからね。興味がなくはない」

貴方はデュシャンが好きなのです。絵画の時代は終わったと宣言し、既製《きせい》のシャベルや便器に自分のサインを入れただけの〝レディメイド〟と呼ばれる作品を創ったコンセプチュアル・アートの先駆者《せんくしゃ》。しかし私は彼の作品の何が面白いのか、昔からさっぱりと解《わか》らないのです。貴方のいった『自転車の車輪』は自転車の車輪を丸椅子《まるいす》の上に固定しただけのアッサンブラージュという手法の代表作でした。

「デュシャンは、嫌いなのかな？」

「嫌いというか……デュシャンの作品って、単なる悪ふざけとしか……思えないんです」

思い切って私は自分の本心を貴方にぶつけてみました。デュシャン——興味深い芸術家ですよね——などといっても、貴方は私の言葉の取り繕《つくろ》いをきっと見破ってしまうのです。

「彼は実に真面目《まじめ》な芸術家だよ。それに、とてもロマンチストな詩人だ。詩人は変哲《へんてつ》のない石に言葉で命を吹き込む。言葉を有《ゆう》した石は語り始める。もし石が言葉を話すということにはリアリティがない、まるで漫画だと一笑するなら、確かに彼の作品は悪ふざけでしかないだろうけれどね。彼は卑金属《ひきんぞく》を純金に変えようとする錬金術師《れんきんじゅつし》だった。只《ただ》の自転車の車輪は呪文《じゅもん》を唱えると芸術に変化する」

「ステッキを一回転させれば、鳩《はと》になる。錬金術師と手品師は、違うんですか？」

「生きる流儀《りゅうぎ》が違う」

「流儀——つまりスタイルのことですか？」

「君はそれをスタイルと呼ぶのかもしれない。でも僕は流儀という言葉を用いる。つまり、それが流儀ってものさ」

「あの、ええと……教えて下さい。もっと、デュシャンのことを」

「君には解らないよ」

貴方はぴしゃりとそういうと、座っていた椅子をくるりと廻《まわ》し、私を背後にし、デスクに向かいました。

私は意気消沈《いきしょうちん》してその日は会社を後にしました。部屋に戻ってジャケットを脱ぐと、内ポケットに見知らぬ事務用の白い封筒が入っていることに気付きました。中にはＭｏＭＡ展の入場券が一枚。「今週の土曜日の午後一時。デュシャンの『処女から花嫁への移行』の前で逢《あ》いましょう」。入場券と共に入っていたメモにはそんな走り書き。封筒の裏を返すとそこには貴方の署名がありました。

多分、私には貴方の考えていることが理解出来ません。人生観や価値観を語り合えば合う程、貴方と私はお互いの間に深い溝《みぞ》を確認するだけでしょう。きっと貴方と私では、生きる流儀が違うのです。でも、不思議ですね。何故《なぜ》なのでしょう。私は貴方が好きなのです。もしも貴方が私に興味を抱いてくれたとして、二人が恋人同士になったとして、多くの時間を二人だけで過ごし、様々な二人だけの秘密を増やしていったとしても、私と貴方は同じ見解に辿《たど》り着くことがないでしょう。貴方が私を何故、展覧会に誘ってくれたのかは解りません。退屈凌《しの》ぎ、それとも悪ふざけ。それでもいい。私は自分の流儀で貴方に向かいます。内ポケットに封筒が入っていたのは手品なんかじゃないことを祈りながら。笑われようが、馬鹿にされようが、貴方にのめり込むことを恐れずに突き進んでみます。大切なのは解り合うことではなく、求め合うことの筈《はず》ですから。ねぇ、少しだけ私は貴方のいったデュシャンの錬金術に対する謎が解けた気がします。シャベルに名前を書き込んだだけでシャベルが芸術になったのと同じく、チケットの入った只の事務用の封筒は、裏に貴方の署名が入っただけで、もう絶対に捨てられない特別な封筒に変わったのですもの。

　土曜日の午後、私は待ち合わせ時間より早く上野の森美術館に到着していました。『処女から花嫁への移行』は館内に入ってすぐの処《ところ》に黒い額に収まり、展示されていました。カンヴァスに油彩で描かれたこの作品には、キュビスムの手法が用いられていました。多くのキュビスムの作品がそうであるように、この作品も、一体、何をモチーフに、そしてどういう具合にそのモチーフを作者が解釈をして描いているのか解りかねる代物《しろもの》でした。しかし、『処女から花嫁への移行』からは実に慎重《しんちょう》に丁寧《ていねい》に真摯《しんし》にこの作品を作者が描き上げたことがひしひしと、しかし静かに伝わってきました。嫌いじゃ、ない。と私はこの作品を前にして思いました。

　入り口付近にそれは飾られているので、その前で待ち合わせをしているとさぞかし皆の邪魔《じゃま》になるだろうと思いましたが、入場者の殆《ほとん》どは『処女から花嫁への移行』は一瞥《いちべつ》するだけで、素通りしていきました。皆は同じ部屋の中に展示されるルソーの『夢』、そしてシャガールの『誕生日』に夢中でした。人気のないデュシャンの作品の前に佇《たたず》んでいると、奥の展示室から貴方が一時きっかりに現れました。会社では決して見せることのない柔和《にゅうわ》な面持《おもも》ちをして。

「一通り、観てきたよ。どうだい、デュシャンの初期の作品は？」

「何が描かれているのかはちっとも解りませんが、とても考え抜いて描かれた作品だと感じました。いろんな意味や想《おも》いが詰め込まれているように思えます。まるで分厚い本を眼の前にしているような気にさせられます」

「この絵はタイトルが示す通り、女性が処女から既婚者になる時の変容を描いているんだ。一見、キュビスムの作品に見えるけれど、彼はキュビスムが物質や事象を抽象化《ちゅうしょうか》しようとしたのに対し、描く対象を本来の形、否《いや》、そのものが持つエッセンスへと還元しようとした。だからキュビスム的ではあるけれど、多くのキュビスムの作品とは少し別のベクトルにある作品なんだ。一人の女性が処女から既婚者にアイデンティティを変換させるというごく有《あ》り触《ふ》れた現象を、彼は錬金術の成せる業《わざ》だと解釈していたのだと思うよ。――君がお目当てにしてきたマティスの作品はもう、観たかい？」

私はいいえと応えました。『処女から花嫁への移行』と同じ壁面に、マティスの作品は並んでいました。私には貴方の好きなデュシャンの作品と私の大好きなマティスの作品が同じ壁に展示されていることが何だかとても嬉《うれ》しく思えました。貴方と私はマティスの『青い窓』の前に立ちました。

「素っ気なくて淋しい色と構図の絵だ」

「でも、何処《どこ》かこの絵を見ると、私は穏《おだ》やかな気持ちにさせられるんです。それだけじゃない。不思議なときめきすら、憶《おぼ》えるんです。――変でしょうか？」

「マティスは窓というモチーフを好んで描いた。普通、窓というのは、特に絵画に於いては、此岸《しがん》と彼岸《ひがん》を隔てる、内部と外部、現実と妄想《もうそう》を区切る装置として登場する。シュルレアリスムの作品に窓が多用されるのはその為《ため》さ。しかしマティスは窓にそんな意味を持たせなかった。彼にとっての窓は、自分と外部とを絡《つな》ぐものだった。窓によって世界が分離する訳ではないとマティスは語っている。つまり彼にとって窓とは此岸と彼岸、こちらとあちら、例えば君と僕との間に架《か》かる橋として認識されているのさ。断絶したかのように思える二つの世界を融合させるもの、それがマティスにとっての窓なんだ。だからこの絵を観て、君が持った感想は決して間違ってはいない」

貴方は『青い窓』を凝視しながら、少し気恥ずかしそうな表情をしました。が、私がそれに気付くと、すぐにわざと退屈そうな素振りをしていいました。

「意外かもしれないけれど、デュシャンはマティスの作品に大きく影響を受けているんだよ。彼はどんな絵描きよりもマティスが大好きだった。マティスの作品のモチーフを自分の作品の中に何度も取り入れる程にね。もしマティス本人にデュシャンがそれを告白したとすれば、さぞかしマティスは困惑しただろうけれど……。さぁ、二階の展示室に上がろう。君が苦手なデュシャンの『自転車の輪』が置いてある」

私は勇気を出して、歩き出そうとする貴方の腕にしがみつきました。それを貴方の流儀での難解な愛の告白だと信じて――。

コルセット

corset

死のう、死のう、明日こそは死のう、明日が無理なら明後日、何が何でも絶対に、どんなことがあろうと死なねばならぬことよなぁと、ずっとずっと思い続けてずるずると、やってきたのです。失恋をした訳でも、円形脱毛症になってしまった訳でもなかったのです。只《ただ》、漠然と嫌《いや》だったのです。この世界が、この時代が。今を生きることがつまらなく、あらゆる事象に違和感を憶《おぼ》えるのみ、だからこそそれより解放されたかっただけなのです。

希彌子《きみこ》さんが死を選択した理由も同じようなものだったのだと思います。希彌子さんはよく、こういっていました。「音楽なら私が赦《ゆる》せるのはサティ迄《まで》ね。ジョン・ケージになると、もう、駄目《だめ》。悪あがきをしているふうにしか思えないの。絵は、ダダイスムまでは大丈夫だけれど、それ以降のものには興味が沸かないわ。ロマンチシズムが欠落した芸術なんて芸術じゃないわ」。

希彌子さんが銀閣寺《ぎんかくじ》に近い一人暮らしのマンションの部屋で首を括《くく》って他界したのは、

一九九五年の初秋、君と出逢《であ》う少し前のこと、丁度《ちょうど》僕が二七歳の頃でした。希彌子さんは当時三〇歳になったばかり。希彌子さんが自害したその日の夕刻、僕と希彌子さんは何時《いつ》も訪れる先斗町《ぽんとちょう》のカフェーでアルコールを飲んでいたのです。アルコールを飲むといっても、基本的にそのお店はカフェーですから、互いに一杯、グラスワインを頂戴《ちょうだい》しただけです。

希彌子さんは北大路《きたおおじ》の骨董屋《こっとうや》に勤めていました。鰻《うなぎ》の寝床のように奥に細長いそのお店が扱う商品は、主に西洋骨董。店内には十九世紀のヴィクトリアン・キャビネットや円盤式オルゴールが所狭しと並べられ、その間隙《かんげき》を縫うようにして Jumeau や Bru のビスクドール、Gallé や Lalique の花瓶やグラスが置かれていました。一点一点がかなり高額な商品ばかりでしたから、お店に激しい人の出入りはありませんでした。希彌子さんは何時《いつ》も一人、お店の奥にちょこんと座っていました。大抵は渋い紬《つむぎ》の着物を着て、艶《つや》やかな黒髪のおかっぱ頭を少し左に傾け、何処《どこ》を観《み》るでもないふうに焦点をぼやかした大きな瞳《ひとみ》をお店のひっそりとした薄暗い空間の中に漂《ただよ》わせているのでした。僕はそのお店と希彌子さんに十八歳の時、出逢いました。「いんちき堂」という間抜けな店名に惹《ひ》かれて店内に入ってみると、そこには由緒正しき品物ばかりが並んでいたので、僕は少々、戸惑いました。こん美大に入ったばかりの僕に買えるような安価なものは何一つ見当たりませんでした。

な品物を揃《そろ》えておきながら何故《なにゆえ》に店名が「いんちき堂」なのか。僕にはそれがとても不審に思えました。それで、ついお店の奥に座る希彌子さんに疑問をぶつけてみたのです。希彌子さんは袖《そで》で口を隠しながらククと笑い、「皆さん、そうおっしゃいますわ」と応《こた》えました。「でも、私は店員でオーナーではないので、名前を変えることは出来ませんの。店主はかなりの目利《めき》きなのですけれど、センスには欠けていて。審美眼《しんびがん》とセンスは別のものみたいですわ。店名をウィットにとんだものだと店主は自負しています。店名がお気に召さないのなら、どうかこのお店を買収して下さいな」。

希彌子さんが自害をしたのが三〇歳の時。だからでしょうか、どんなに延命を続けたとて僕も自分が三〇歳には死ぬのだ、死ななければならないのだと漠然《ばくぜん》と考えていたのです。だって、本当なら希彌子さんが自害したその日、僕も自害をせねばならなかったのです。カフェーでワインを飲みながら、僕達はまるで買い物に行く予定を話しあうが如《ごと》くに、何《なに》気《げ》なく死に就《つ》いて語りあっていました。

「嗚呼《ああ》、生まれてくる時代を間違えたのかしらねぇ。例えばね、お客さんがお店に置いてあるテーブルを気に入って、このテーブルはいいねぇというじゃない。私は、あら、お気に召しまして、と応えるの。するとね……お客さんが吹き出すのよ。私の言葉遣いが古臭いというの。お気に召しまして——という言葉遣いが可笑《おか》しいらしいのよ。骨董屋だからといって言葉遣いまで古臭くしなくていいよと、笑われるのよ。別段《べつだん》、意識して古臭い言葉を使っているつもりはないのだけれど。そんな時にね、この世は何と生き辛《づら》い、もしかすると死んだほうが楽かなと、ふと思うのよ」

「希彌子さんも僕も、生まれてくる時代を間違えたのかもしれない。僕はイラストを描いて細々と生計をたてていますが、僕の絵は恐ろしく時代遅れなものだそうです。だからこそ面白がってレトロなタッチのイラストをと編集者やデザイナーは時折、僕に仕事を頼む訳ですが、僕は意識的に作風をレトロにしてはいないのです。もっといろんなタッチの絵を描けなければ、今っぽいテイストの絵も描けなければ仕事の幅が拡《ひろ》がらないよと、よく忠告されます。でも僕にはそんな器用な真似《まね》が出来ない。君のイラストは鑑賞者を選別し過ぎる。もっと多くの人に受け入れられるものを描けるようになりなさいともいわれます。しかし僕は別に、選挙に出る訳でもなし、大多数の支持なんて必要としてはいないんです」

「産業革命が文化を衰退させたのよ」

「リアルクローズというのが、ファッションの主流になってから久しいですが、僕はそれらに関心が持てない。そういうものがあってもいいとは思うのですけれどね。でもそればかりでは、世の中、辛過ぎます。Calvin Klein などの洗練された——といえば聞こえはよいけれど——結局は無難な、メゾンのお洋服しか着用不可な世の中なんて、絶望的過ぎます。過去のロマンチシズムに敬意を払うVivienne Westwoodのお洋服を着ることは、この時代では酔狂《すいきょう》でしかない」

「私も貴方《あなた》も、十九世紀に生まれていればね」

「ええ、時折そう思います。でもね、こうも思うんですよ。もし仮に十九世紀に生まれてきていたら、それはそれで希彌子さんも僕も、また文句をつけていたのではないだろうかと。十八世紀に生まれればよかったと、ね。僕達は今のこの時代が嫌いなのではなく、常に現在という状況が気に入らないだけなのではないかとも、思うんです」

「どの時代にいようと常に過去を憧憬《どうけい》し、今を絶望するしかないっていうの？　案外、そうかもしれないわねぇ。それなら、やっぱり、どうあがいても、死ぬしかないわねぇ」

「生きてるうちはきっと、どんなに時代が変わろうが軋轢《あつれき》だらけでしょう」

「そうね。そうよ。何とか三〇年間も生きてきたのだから、辛抱《しんぼう》してきたのだから、もういいわ。無理してこのまま生き永《なが》らえたとして、先にどんな希望がある訳でもなし。きっと既《すで》に精神は肉体より先に潔《いさぎよ》く自尽《じじん》しているのよ。私はミイラになった精神を抱えて生きている。そろそろ肉体に後を追わせてあげなくてはならないのかもしれないわ。ねぇ、貴方。今日、このワインを飲んでこのカフェーを出て、お互い家に帰ったら、自殺しましょうよ」

「そうしましょうよ。絶対よ。約束よ」

僕と希彌子さんは固く指切りをして、各々《おのおの》の家路を辿《たど》りました。

僕はまさか希彌子さんがその約束を本当に果たすとは思っていなかったのです。僕が希彌子さんのお店を訪れるのは、週に一度くらいでした。初めて希彌子さんと話をした時から、僕と希彌子さんは互いに妙な親近感を憶えてしまったのです。お友達になりましょうねといい交す訳でもなく、僕と希彌子さんはすぐに打ち解けてしまいました。美大を卒業した後、フリーのイラストレーターになった僕は、平日の昼間でも希彌子さんが休みならば、適当に仕事を整理して一緒に遊びに行くことが出来ました。遊びといったって、僕達はカラオケに行ったり、ボウリングに行ったり、相撲《すもう》をとったりするような野暮《やぼ》な真似はしませんでした。大抵がお気に入りのカフェーでお茶を飲んだり、アルコールをたしなんだりしながら、気怠《けだる》くお喋《しゃべ》りを愉《たの》しむのです。思えば二人は、今の世情に対する諦念《ていねん》の入った愚痴《ぐち》ばかりを零《こぼ》していました。僕が携帯電話を持っていないというだけで扱いにくい不便な人間だと思われると嘆くと、希彌子さんは「私はファックスさえ、嫌いよ。電話で済む用事は電話で済ませればいいし、電話で伝えられないことは手紙にすればいいと思うの。お客さんからインターネットで商品を売ればいいのにとよくいわれるのよ。私、インターネットはファックスより嫌い。便利になると人は怠惰《たいだ》になるわ。インターネットで商品を買おうとするものぐさな人に、私は商品を売りたくない。——といってもお店の商品は私のものではない訳だけれど。インターネットで商品を買った人は、その商品を大切に扱ってくれないと思うの。骨董なんて、趣味のもの。趣味のお買い物なら時間と労力をとことん費やすべきなのよ。お店を探し当てて、商品に出逢って、お店の空気を感じながらお買い物をするからこそ、骨董は趣味として成立するのでしょ」と、僕よりも強烈な文明の進化への嫌悪感を顕《あらわ》にするのでした。

僕が希彌子さんの死を知ったのは、希彌子さんと指切りをしてから一週間くらいして、お店を覗《のぞ》いた時でした。お店の中に希彌子さんの姿はなく、代わりに見たことのないちょび髭《ひげ》の、四〇過ぎに思える小太りな男性が眉間《みけん》をしかめながら座っていました。僕はその男性に希彌子さんのことを訊《たず》ねました。

「今日は、希彌子さんはおられないのですか」

「ええ」

「病気か、なにか?」

「失礼ですが、貴方は彼女とどのような関係で」

「友人です」

「かなり、親しく？」

「そうですね。少なくとも彼女は友人と呼べる人間は僕くらいしかいないといっていましたし、僕も同じです」

「そうですか。申し遅れましたが、私、この店の主《あるじ》です」

「そうなのですか。初めまして」

「実は、彼女、一週間前、自宅で首を吊《つ》って死んだんです」

僕はカフェーで交した約束をその刹那《せつな》、思い出しました。不思議な衝撃が僕の頭を貫きました。悲しいというのでもなく、驚いたというのでもない、いい知れぬ、それは静かな、枯れ木についた最後の病葉《わくらば》が落ちていくのを眺めるような衝撃でした。

「すると、あの日、希彌子さんは……本当に。確かあの日は黒と黄色の格子縞《こうしじま》の黄八丈《きはちじょう》を着ていましたが、その格好《かっこう》で？」

「ええ、おっしゃる通りです。その日、貴方は彼女にお逢いになったんですか？」

「夕刻迄《まで》、行きつけのカフェーでワインを飲んで、別れました」

「この店は彼女に全てを任せきりでした。品物には自信があるんですけどね、店に私がいると売れる筈《はず》のものが全く売れないんです。でも、彼女が一人で店番をしていると、ちゃんと売れるんです。だから私は仕入れに徹し、店には極力顔を出さないことにしていたんですよ。店の鍵《かぎ》も彼女に託していました。毎日、閉店の後に彼女が私の処《ところ》に電話を掛けてきて、その日の売り上げを報告し、私は週に一度売り上げ金の回収と在庫の補充をしに店に来るといった寸法《すんぽう》でした。それで九年間、何の問題もなくやってきたんです。ところが、先週の定休日の次の日、閉店後の電話が掛かってこなかったんです。妙な気がしたのですが、その日はそのまま寝てしまいました。次の日、開店の時間に店に電話をしました。すると誰も出ない。私は彼女の家の電話を鳴らしましたが、これもまた誰も出ない。で、急に不安になったんです。先《ま》ず、店を見に来てやはり彼女が来ていないことを確かめると、彼女の履歴書で住所を調べて彼女のマンションに向かいました。インターホンを押しても応答がない。私は管理人さんに事情を話して、ドアを開けて貰《もら》いました。すると、首を吊って死んでいたんです」

「——遺書などは？」

「ありませんでした。遺体は今、警察病院にあります。ねぇ、貴方、貴方は彼女の身内の方《かた》の連絡先などをご存知ですか？」

「いいえ」

「どうすればいいんでしょう。私も、知らないんです。この店を開けてから半年くらいした頃、店の外にアルバイト募集と書いた紙を貼《は》っておいたんです。それで応募してきたのが彼女でした。簡単な履歴書には、実家や身内の連絡先などは書いてありませんでした。私は正社員が欲しかった訳ではなく、アルバイトが欲しかっただけなので、簡単な面接をしただけで採用を決めました。彼女の遺体の引き取り手を、だから私は知らないんですよ」

「困りましたね」

「否《いや》、面倒に巻き込まれたとか思っている訳じゃないんですよ。只《ただ》、こういうことは初めてなもので、どうしていいのか解《わか》らなくて。私、三男なんです。だから父が死んだ時も長男が喪主を務めて、私は葬儀の時、座っているだけでよかったもので」

僕には姉がいました。が、四つ違いの姉は、僕が七歳の時、交通事故で死亡しました。葬儀の模様、母や父の悲嘆にくれた様子などを僕はおぼろげにしか憶えてはいません。その時から僕は、人は生きている限り何時《いつ》かは死ぬのだ、そして死は生のすぐ隣にあるのだということを学んだのです。突然、意味なく、死は訪れるのです。そしてそれは、病死にしろ事故死にしろアクシデントなのです。死を特別な出来事と捉《とら》えてはなりません。

「希彌子さんが死んだということを、特に深刻に受け止めることはありませんよ。貴方の前から黙って失踪《しっそう》してしまったと思えばいいんです。貴方は彼女の身内でもない訳ですから、死体を引き取る必要もないし、手を合わす必要すらないと思います。また、お店の外に貼り紙をしてアルバイトを募集すればいいだけのことです」

おろおろとする骨董屋のオーナーに僕はそういいました。

「しかし……。貴方、首吊り死体というものを見たことがありますか？　私は初めてです。あんなものを見たのは。何かね、人間の身体《からだ》でありながら、そうではないんですよ。妙にね、生臭いんです。重苦しいんです。私のいってる意味が、お解りになりますか？　毎夜、夢に出てくるんですよ。彼女の死体が……」

「そのうち、忘れますよ。僕は首吊り死体を見たことはありませんが、想像するにとてもインパクトがあるものでしょう」

「首がにゅーっと伸びきっていてね、顔を覗き込むと白目を剥《む》いていました。鼻水をつーっと垂らして……」

僕は希彌子さんの遺体を見たいとは思いませんでした。非常に薄情《はくじよう》だと思われてもいたしかたありませんが、死骸《しがい》というものはペットボトルのウーロン茶にたとえればもう空のペットボトルな訳ですから、ウーロン茶が飲みたいと願う者にとっては、無用の長物《ちようぶつ》でしかありません。ですから僕は骨董屋の主人から希彌子さんの死体の安置されている警察病院の場所を教えられましたが、そこを訪れることはしませんでした。

こう語れば僕は希彌子さんの死をとてもクールに受け止めたと思われるかもしれません。が、実際はそうではありませんでした。確かに僕は希彌子さんの死に対して必要以上に感傷的になることはありませんでした。多分、彼女が病気や事故で死んだのなら、少しは感傷的になったのではないかと思うのです。しかし、彼女は自殺をしたのです。自ら希望して死を選んだのです。バリ島に行きたいと願っていた者が飛行機に乗りバリ島に到着したように、焼肉を食べたくなった者が焼肉屋に入ったように、彼女は死にたくて死んだのです。とはいえ、感傷的にはならなかったものの、僕にとって彼女が僕の生活の中から欠落してしまったことは大きな痛手でした。長年愛用してきた杖《つえ》を失ってしまった盲人のようだと、僕は自分のことを思いました。杖があったとしても盲人は盲人、決して眼がみえる訳ではない。しかし杖があれば盲人は安心して外界と接することが出来るのです。杖を奪われた僕は一歩も歩くことが出来ませんでした。否《いや》、歩く気になれないのでした。彼女とした約束を、僕が只《ただ》の戯言《ざれごと》だと思い実行しなかったというひけめもありました。希彌子さん、貴方はあの時、本気で僕に一緒に死のうといったのですね——そう思うと、のうのうと約束を破り生きている自分の存在がとても嫌《いや》らしく感じられるのでした。

ですから、僕は希彌子さんの後を追って死のうと思ったのです。希彌子さんと同じく、僕もこの世界に未練はありませんでした。が、どうもそのタイミングが上手《うま》くはかれないでいたのです。希彌子さんはあの日、どんなきっかけを得て自らの命を絶つ決意をし、それに成功することが出来たのでしょう。生存本能の赴《おもむ》くままに、僕は死に至ることを先送りし続けていました。死にたい、死ななければならぬのだと思いながら、死ねない自分に対する自己嫌悪は、やがて大いなる虚無《きょむ》へと姿を変えていきました。この虚無が問題でした。自己嫌悪に煩《わずら》わされている間は、日常生活や仕事に支障がなかったのです。しかし虚無は困ります。これに憑《つ》かれると仕事に取り掛かることが出来ないのです。多分、本当は仕事のことなんて考えずとも構わなかったのです。締め切りを破り、頼まれた雑誌のイラストを提出しなくとも、雑誌が発行を取りやめにするという大袈裟《おおげさ》な事態になる訳もなく、誰かが適当に帳尻《ちょうじり》を合わせてくれる筈なのです。そうは解っているものの、僕は仕事をしてしまうのでした。大いなる虚無と戦いながら。それは恐ろしくうんざりとした徒労感しか憶えぬ作業でした。

虚無というものを僕は希彌子さんが他界する迄、誤解していました。侮《あなど》っていました。無気力、無感覚、喪失感の彼方《かなた》に虚無というものは存在するのだと思っていたのですが、虚無とはそんな観念的で生易《なまやさ》しい代物《しろもの》ではなかったのです。虚無は激しい感覚的苦痛と共にありました。それは体内の血液が全て砂に変わって血管の中を流れていくような痛みと表現するのが最も適切であるような気がします。大いなる虚無を少しでも和《やわ》らげようと、僕は神経科に通うことにしました。希彌子さんが死んでから、丁度、三ヶ月くらい経《た》ってからのことでした。下鴨《しもがも》神社の近くにある内科もやっている小さな神経科で、僕は軽い鬱《うつ》病《びょう》でしょうという診断を受けました。ドグマチールとルジオミールという抗鬱《こううつ》剤、そしてデパスという抗不安剤を僕は朝と夕に飲むこととなりました。医者は鬱病はすぐには治りませんからゆっくり治していきましょうと僕にいいました。薬の効き目があるのかないのか、それは僕にははっきりと確認出来ませんでした。とりあえず仕事は滞《とどこお》ることなくこなすことが出来ました。が、身体中にびっしりとこびりついた虚無が吹き飛ぶ迄にはいたりません。僕は余り医者に多くを語りませんでした。希彌子さんのことや、自分の死生観などを語れば、医者はもっと強力な抗鬱剤を出してくれたのかもしれません。しかし僕はそんなプライベートな事情を医師とはいえあかの他人に語る気にはなれませんでした。それでも僕は二週間に一度、薬が切れると欠かさずその病院に出掛けました。何故《なぜ》なら、僕には薬を貰うこと以上にもっと大切な用事がその病院にあったからなのです。

その用事とは……。その用事とは……。そう、それは君に逢うということに他なりませんでした。君はその病院で受付をしていました。白いナース服に身を包んだ君は、肩まである ストレートの黒い髪を清楚《せいそ》に流し、零《こぼ》れ落ちそうな瞳に何時《いつ》も笑みを含んでいるのでした。君は寒がりなのか、季節に関係なく常に膝《ひざ》に OLD ENGLAND の暖かそうなストールを掛けていました。誰からも支持されるであろう最大公約数的な愛らしさを君は身体の奥底から滲《にじ》ませていました。僕は待合室でちらりちらりと君の姿を窺《うかが》うだけで幸せな気持ちになれるのでした。それはかつて味わったことのない、のんびりとした安らぎに満ちた幸福感でした。

君と逢うといったって、所詮《しょせん》は患者と病院の受付嬢以上の関係ではありません。僕が病院の扉を開き診察券を差し出すと、君は軽やかな声で「こんにちは」といってくれます。僕は会釈《えしゃく》をし「こんにちは」と返します。会話はそれで終了。でも僕は充分、嬉《うれ》しかったのです。君が僕に「こんにちは」と微笑《ほほえ》んでくれることだけで、僕は分不相応《ぶんふそうおう》な幸福を手にしていると思えたのです。まるでお姫様に恋してしまったヒキガエル、はたまた深窓《しんそう》の令嬢《れいじょう》を慕《した》うチンピラヤクザのようだと、僕は自分のことを思いました。そう、君を観賞出来るだけで、僕は良かったのです。君が僕と釣り合いがとれるような女性ではないことは最初、君を見た時から僕ははっきりと解っていました。君が百合《ゆり》なら僕は下駄《げた》。君が小鳥なら僕は犬の肛門《こうもん》。所詮は同じアングルに収まるべきモチーフではなかったのです。僕は決して女性に対して憶病《おくびょう》な性質《たち》ではありませんでしたが、君に対しては憶病にならざるを得ませんでした。僕は君を自分の恋愛対象としてみることすら出来ませんでした。君と僕とでは棲《す》んでいる世界が、まるきり違いました。君は漠然と死を願ったり、想《おも》ったり、現実の世界にギャップを感じたり、嫌悪感を憶えたりする人間ではない。しごく全《まっと》うで健全な普通の人間だ。そうに違いない。それ故《ゆえ》、僕には君が眩《まばゆ》く見えるのだ。所詮、この想いは憧《あこが》れ、君に手を触れてはいけないことを僕はちゃんとわきまえていました。

病院通いをするようになってから、約三年が経ち、僕は三〇歳になりました。そう、希彌子さんの享年《きょうねん》と同じ、三〇歳になったのです。もう、充分生きたではないかと僕は自分に向かっていいきかせました。これ以上生きてどうするのだ。何があるのだ。希彌子さんの自殺が僕の中で改めてリアリティを持ち始めました。誕生日を僕は一人で過ごしました。きっと既に精神は肉体より先に潔く自尽しているのよ——という希彌子さんの言葉を頭の中で反芻《はんすう》しながら僕は夕刻、近所の金物屋さんでロープを買い求めました。そしてそのロープを夜中、キッチンの梁《はり》に掛け、首を吊れるように結《ゆ》わえました。僕の部屋のキッチンには何故《なぜ》か、天井部分に太い梁が一本通っていました。これで何時《いつ》でも発作的に自殺がしたくなれば死ぬことが出来る。そう考えると僕の気持ちはほんの少し安らぎました。何か一つ後押しがあれば、僕は死ぬことが出来る状態にいました。

そんな折りです。ぱったりと仕事がなくなったのは。僕はその頃、隔週の情報誌にイラストのレギュラーを二本持っていました。その二本をこなしていれば、生活は充分やっていけました。後は飛び込みの仕事を受けるというスタンスでずっと暮らしてきたのです。

ところがそのレギュラーが相次いで打ち切りになったのです。僕はそのことを嘆きはしませんでした。嗚呼、これで誰にも迷惑をかけることなく死ねるのだ、そのタイミングがやってきたのだと自分にいいきかせました。遺書は書かずにおこうと思いました。誰に何をいい遺《のこ》すこともなかったからです。レギュラー二本の最後のイラストを描き終え、それぞれの編集者宛《あて》に郵送しました。後は色校《いろこう》をチェックすれば僕は社会的責任から解放されることになります。僕は秘《ひそ》かに死へのカウントダウンを開始しました。

人間、死ぬ気になれば何でも出来ると誰もがいいます。その言葉はある意味、正確なのかもしれません。どうせ後、数日の命なのだからと思うと、僕は急に晴れやかな気持ちになることが出来ました。そしてやり遺したことはないだろうかと検証し始めました。部屋の掃除を念入りに行いました。持っているグレン・グールドのアルバムを全て聴き直しました。お寿司屋さんにいって、カニ味噌《みそ》とウニばかりを頼んで満腹するまで食べるということもやってみました。全てがもう二度と出来ない最後の作業だと思うと、実に新鮮に思えました。歯磨きをすることすら、靴紐《くつひも》を結ぶことすら愛《いと》しく感じることが出来ました。そして僕は非常に大胆な試みを企《くわだ》てようと思いついたのです。それは君をデートに誘うことでした。どうせ死んでしまうのだから、「こんにちは」と挨拶《あいさつ》をかわすだけの君に話し掛けてみよう。デートを申し込んでみよう。断られればそれでよし、もし上手くいけば最後の素晴らしき思い出になる。僕は知り合いから貰った美術展のチケットを二枚ポケットに入れ、君のいる病院へと赴きました。

「こんにちは」

「こんにちは」

君は普段と同じように微笑みます。僕はこうきりだしました。

「今日は、空《す》いていますね」

待合室には誰もいませんでした。君は小首を傾《かし》げ「ええ、午前中は混雑していたのですけれど」と応えました。

「休診日は日曜日でしたよね」

「はい」

「ところで、唐突《とうとつ》なのですが、今週の日曜日に何か予定は入っていますか」

「お友達と映画に行こうかと考えています」

「そうですか。──その約束、キャンセル出来ませんか」

君はきょとんとして僕を眺めます。僕はポケットからチケットを取り出して、君の前に置きました。

「近代美術館で、『身体の夢』という展覧会をやっているんです。良かったら、一緒に行って貰えないかなぁと思って」

「まぁ」

君はチケットを凝視《ぎょうし》しました。約三年の間通ってきている顔見知りとはいえ、挨拶しか交したことのない素性《すじょう》も解らぬ、鬱病の患者であることだけは確かな人間からの急なデートの申し込み。君が困惑《こんわく》するであろうことは解っていました。しかし僕は君の困惑なぞ平気でした。

「コルセットを下着として着用しなければならなかった二〇世紀以前の豪華なドレスから、CHANEL の初期のスーツ、九〇年代の COMME des GARÇONS のお洋服までいろんな衣装が展示されているらしいです」

「……面白そうですね」

君は少し緊張して応えます。

「きっと面白いですよ。実は、僕がこの病院に来るのは今日が最後だと思うんです。少しばかり事情があって、来週、引っ越すことになったんです。だから君、否《いや》、失礼、貴方にこうしてお逢いするのも最後なんです。その前に一度でいいから、貴方とデートの真似事をしてみたいと思って。突然で驚かれたと思いますが」

「そうですか……」

「僕が診察を受けている間に考えておいて貰えませんか」

「……はい」

君は小さく頷《うなず》きました。

診察を終え、僕は待合室のソファーに腰掛け、君からの呼び出しを待ちます。やがて君が僕の名前を呼びます。

「お薬はいつもの通りです。朝と夕方に飲んで下さい」

君は事務的にそういいます。僕は薬の袋を受け取り、診察料を支払います。診察料を支払いながら、僕は君の断りの返事を覚悟して待っていました。

「あの……私、ご一緒させて頂いてもよいのですけれど、とてもつまらない想いを貴方にさせると思いますよ。それでも貴方が構わないとおっしゃるのでしたら」

僕は唖然《あぜん》として君の顔を見ました。意外——。僕は断られることを予測して君を誘ったのです。それなのに君は僕の申し出を受けてしまった。僕は「有り難《がと》う」ととっさに返しながら、妙に狼狽《うろた》えてしまいました。

しかし、こうして僕は君と展覧会に行く約束をとりつけたのでした。僕は君に待ち合わせの場所と時間を告げると、「それでは日曜日に」といい病院を後にしました。病院からの帰り道、僕は河原町《かわらまち》に寄り、COMME des GARÇONS で新作のジャケットを、そして

Vivienne Westwood でネクタイを買い求めました。君とのデートに必要だと思ったからです。買い物をしながら僕は考えていました。自殺は君とのデートを終えた、日曜日の夜中に決行しようと。

君との待ち合わせは、四条木屋町《しじょうきやまち》にあるソワレというカフェーに午後一時でした。僕は約束の時間よりも二〇分早く、お店に到着してしまいました。コーヒーを飲みながら、僕はぼんやりと煙草《タバコ》をふかします。この喫茶店を僕はよく利用しました。一階の席に腰掛けると、東郷青児《とうごうせいじ》の描いた巴里《パリ》の雰囲気を漂わせた女性のイラストがプリントされたオリジナルのコップに入って水が出てきます。僕はそのイラストを眺めるのが好きでした。希彌子さんともよくここでお茶をしました。午後一時丁度に君は現れました。君は病院で膝に置いているのと同じ OLD ENGLAND のストールを肩にかけていました。そして A.P.C. のグレイのニットにやはり A.P.C. の黒い膝丈のスカートを併《あわ》せていました。足には白い PATRICK COX のサンダル。鞄《かばん》はキャメル色の Hervé Chapelier のトートバッグ。シンプルで控えめなそのいでたちは、とても君に合っていました。

「遅れてすみません」

君は僕の姿を見付けるとそういいました。

「遅れてないですよ。約束の時間、ぴったりです。僕が早く来過ぎたんです」

君はウェイトレスにミルクティを注文しました。僕も二杯目のコーヒーを頼みました。

「本当に、来てくれたんですね。有り難う」

「こちらこそ、お誘い頂けて……」

「お友達と映画を観る約束は、大丈夫だったんですか」

「今度にして貰いました。映画は何時《いつ》でも観られますから。でも、貴方にはもうお逢い出来ない。一体、何処《どこ》に引っ越されるのですか」

「山形です」

僕は適当な嘘《うそ》をつきました。まさか今夜、自殺するつもりだなんていえやしません。

「山形ですか……何故《なぜ》に」

「ええ、山形……。仕事の都合で」

「あの、私、貴方のことをまるきり何も知りません。名前は知っています。でも、その他は、お仕事も何も。お仕事で山形に引っ越されるということは、何のお仕事を？」

「イラストレーターをやっています」

「山形でイラストレーターをなさるのですか」

何故に山形などというとんちんかんな地名を口にしてしまったのだろう、緊張しているのかしらん——と焦《あせ》りつつ、僕は「山形の山形日日新聞《やまがたにちにちしんぶん》で専属イラストレーターをやることになったんです」と応えました。

「そうなんですか。イラストレーターの方だったんですか。私のような人間にとっては、とても遠い世界の人なんですね。最初から、そんなふうな印象がありましたけど、やっぱりそういう方だったんですね」

「何故、遠い世界なんですか」

「だって、早い話が芸術家でしょ」

「イラストレーターは挿《さ》し絵《え》家であって芸術家ではありません。芸術家がイラストを描く場合はあっても、イラストレーターが芸術を創ることはない」

「それにしても、やっぱり遠い——というか違う世界の人です。だって、才能がないと出来ないお仕事でしょ。私なんて、短大を出る時、自分には何の技量もなくて、やりたいこともなくて、でもフラフラしてる訳にはいかないので、適当に就職斡旋《あっせん》課の人の勧めるところを受けて、受かったので今の受付の仕事をしているというクチですから。私、才能や技術や夢や目標を持っている人にとても劣等感《れっとうかん》を感じるんです」

「僕の仕事なんて、才能がなくたって出来ます。否《いや》、才能や才気があれば、かえって邪魔《じゃま》になるくらいのつまらない、コツと少しの技術があれば誰にでも出来る仕事です。夢や目標に関していえば、僕にはそんなものがありません。仕事にそんなものを求める気は最初からなかったし、今もないです。僕にとってイラストを描くことは、単なる作業に過ぎません。辛くもないけれど愉《たの》しくもない。逆に僕は君の仕事のほうが大変だと思います。だって、僕なんて軽度の鬱病ですけど、非道《ひど》い症状の人だって来るのでしょ。でも平然と、対応しなければならない」

「私の仕事なんて、全然大変じゃないです。お医者さんや看護婦さんは資格もいるし、責任もあるけれど、私は只《ただ》の受付ですから。患者さんの保険証や診察券を受け取り、先生の処方箋《しょほうせん》に従って出されたお薬を渡せばいいだけですから。時々、対応に困る患者さんもいますけれど……」

「対応に困る患者さんというのは、例えば？」

「ずっと大声で泣いている人とか、被害妄想が非道くて訳の解らないことを訴えてくる人とか」

「恐くないですか？」

「全く恐くない……といえば嘘になるかもしれません……」

「そんな人にはどう対応するんですか」

「どうもしません。私は只、微笑んでいるだけです。大丈夫、もうすぐ先生が診察してくれますよ、ちょっとだけ待って下さいねといっていればいいと先生から指示されているものですから、それを実践しているだけです。怯《おび》えた素振りや困惑した表情をみせてはいけない、にこやかに微笑んでいなさいと、病院に入った時、先生に教えられました」

「こんなことを面と向かっていうのは、何だかとても恥ずかしいのですが、君の笑顔はとても素敵《すてき》です。きっと誰もがその笑顔に救われるでしょう。僕は君のようには笑えない。僕は、何時も卑屈《ひくつ》な笑みしかもらせないんです。自分でもそれがたまらなく嫌なんですけど、もう、どうしようもありません。思春期の頃は、鏡の前で印象の良い笑顔を作る練習までしたんですけれど、作れないんです。君は自分には才能も技術もないようなことをさっきいいましたが、その笑顔を作れるというのは素晴らしい才能であり、技術ですよ」

「うちの先生は、私を笑顔の作り方が上手いから採用したんだそうです。でも、私にはそれくらいしか、逆にいえば取柄《とりえ》がないんです。子供の頃からそうでした。私の家は写真屋なんです。記念撮影をしたり、証明写真を撮ったり、お客さんから預かったフィルムを現像したりする小さな写真屋なんです。一階がお店で、二階が住居。何処《どこ》の商店街に行っても必ずあるようなありきたりの写真屋。私には兄がいるんです。三歳違いですから、今、二七歳なのかな。この兄が何をやらせても上手いんです。学校の成績も良かったし、スポーツも出来る。性格も恐ろしく社交的で。私はずっとこの兄と比較されてきたんです。私はとりたてて成績が悪い訳でも、スポーツがからきし出来ない訳でもないんですよ。でも兄が出来過ぎるから、つい周りは比較してしまいます。ですから、うちの両親は私に何時《いつ》もいうんです。お前は兄さんと違って何の取柄もないんだから、とにかく愛想《あいそ》だけはよくしていなさいと。女のコは愛想さえよければ適当に世間を渡っていけるんだからと。だから私は笑顔を絶やさないんです。写真屋さんの息子さんは利発《りはつ》で、娘さんは愛想がいい。商店街ではそういわれています。父は今の仕事をクビになって、お嫁にいきそびれたら写真屋を手伝わせてやると、よくいいます。愛想だけはいいから、手伝わせてやると。写真屋って、愛想がとても大切なんです。記念撮影なんて、大抵何かおめでたいことがあるから撮るものでしょ。だからそのおめでたい気持ちを写真屋が損なってはいけないんです」

君は一気に話し終えると、思わず我に返ったというふうに首をすくめました。

「あ、私、自分のことばかり話して……すみません」

「君はすぐ、謝るんですね。ちっとも悪いことをしていないのに」

「癖なんです、謝るのが」

「とりあえず美術館に向かいましょうか」

僕達はソワレを出て、タクシーを拾い岡崎にある京都国立近代美術館に向かいました。それは『ファッション OR 見えないコルセット』。サブタイトルの示すように、会場にはコルセットをコンセプトとした衣装の展示がなされていました。二〇世紀以前のコルセットや、コルセットをした上でしか纏《まと》えないドレスの展示から始まり、女性の身体をコルセットから解放した Paul Poiret の革新的なドレス、そして COMME des GARÇONS や Yohji Yamamoto の九〇年代のプレタポルテの作品迄《まで》が次々と並ぶ中に、被服《ひふく》とは身体を拘束《こうそく》し デフォルメするものである、しかし身体と調和するものでなければならないという相反する命題を見出《みいだ》すことは容易でした。二〇世紀の洋服にはもはやコルセットは必要ではないが、身体とアイデンティティを拘束するという意味においては、コルセットという観念は被服につきまとうということをキュレイターは主張していました。ファッションの展覧会ということもあってでしょう、美術館に普段足を向けないような、流行《はやり》の衣装を身に纏った若者達が会場には沢山《たくさん》来ていました。

僕達は会場を一通り観終えると、一階のロビーの椅子《いす》に腰を下ろしました。ロビーは全面硝子《ガラス》張りになっていて、その向こうには様々な白い衣装をつけたボディが並んでいました。これは Martin Margiela の作品というかインスタレーションで、衣装にはカビやバクテリアなどが植えつけてあり、会期中にそれらがどのように衣装を侵食していくかを観せる為《ため》のものでした。

「Martin Margiela という人は、実に馬鹿馬鹿《ばかばか》しくも面白いアプローチを何時《いつ》もしますね」

「私、この人の服って余り知らないんです」

「自分で着ようとは余り思いませんけど、コレクションは毎回、愉しみにしてるんですよ」

「私、この作品がいいのか悪いのか……よく解りません。すみません。だって、カビのはえた服なんて、着たくないというか、誰も着たがらないと思うんですけれど。あ、でも、多分、もっと違う見方をしなければいけないんですよね。アートとして観なければいけないんですね。すみません」

「僕だって、この服を着ろといわれたら断りますよ。君の見解はいたって正常です」

「お洋服のこと、お詳しいんですね」

「詳しいというか、好きなんです。被服というものの宿命が」

「被服の宿命？」

「ええ。被服というものは、時にこうして美術館に展示される程、アートになっていく。でも完全なアートではないんです。何故《なぜ》なら、被服というものは、売れなければ、着る人がいなければ意味をなさないものですから。例えば絵や文学はその作品が作者の生前には誰からも認められなかったにせよ、後世、認められるということがあるでしょ。ところが被服はそういう訳にはいかない。そのシーズン毎《ごと》に認められなければ、そして尚且《なおかつ》売れなければ存在価値がないんです。逆にいえば、売れたものだけが存在を主張することが、正当化することが出来る。そして、被服には流行というものがある。この流行というものに乗らなければ、デザイナーは、メゾンは被服を作れない。流行は誰かが生みだすものです。例えばAラインは Dior が生みだしたものだし、ジャージ素材のスーツは CHANEL が生みだしたものです。でも、ファッションの世界には特許というものが存在しないが故に、オリジナリティは認知されると同時に拡散し、モードという現象に掏《す》り替わっていく。アートもメッセージも技術も科学も経済も権力も全て、ファッションにとってはアクセサリーに過ぎないんです。その取りつくしまもないところが僕にはとても面白く思えるんです。僕は常に現代を嫌い、過去を憧憬しているような人間です。だから逆に刹那《せつな》にしか成立せぬファッションというもののシビアな宿命に興味を示してしまうのかもしれません。ロマンチシズムの根底に横たわるニヒリズム……上手く説明しにくいんですけれど」

「そんなふうにお洋服のことを考えたことはありませんでした」

「普通、考えないと思います」

「私、何だかとても恥ずかしいです」

「何が？」

「だって、只《ただ》、綺麗《きれい》なお洋服だなぁとか、コルセットを下着としてつけなくてはならなかった時代は大変だったろうなぁくらいしか、展覧会を観ても思いませんでしたから」

「それでいいと思いますよ」

「それに、私、こんな格好だし……。こういうファッションの展覧会を観に来るのは何だか場違いのような気がして」

「そんなことは、ないです。A.P.C. のお洋服、似合っていますよ」

「でも、貴方に不釣り合いでしょ、私。貴方は今日もですけど、何時《いつ》もお洒落《しゃれ》にしていらっしゃるから。私、病院に貴方が来られる度《たび》に、感心していました。黒いジャケットに黒いズボン、白いシャツに黒地のネクタイ。格好は常に同じなのに、その一つ一つが素敵なものばかりで、少しばかりどこかが違っていて。お洒落な人というのはこういう人のことをいうんだろうなぁと思っていました」

「僕はお洒落な人間ではないと思いますよ。エレガントな人間に僕は常に憧れているんですけれど、結局のところ、なれないんです」

「充分、エレガントです」

「否《いや》、駄目です。エレガントな人間になる為には全てのことに対し、無感動でなければならないんです。ダンディズムにその一生を捧《ささ》げた十八世紀末のイギリス人、ボー・ブランメルを思えば、僕なんてまだまだですよ」

「お話が難しくて、私、ついていけません。すみません」

「また、謝りましたね」

「すみません……。私、あの、何というか、COMME des GARÇONS のお洋服とか、とても素敵だと思うんです。でも、自分が着てはいけないというか、似合う訳ないから最初から諦《あきら》めてるというか、存在するけれど、お金を出せば買えるんだけど、自分には着る資格がないと思うから買えないんです」

「そんなことはないと思いますけど、そういう慎《つつし》みの心は大切だと思います。どう考えても、何処《どこ》をどうしても似合う訳がないのに、身の程をわきまえず、無理矢理に COMME des GARÇONS を着ている人は多いですからね。でも、そういう身の程知らずの人が大勢いるから、COMME des GARÇONS も経営的に成立している訳だし……。難しいですね」

「ついつい、無難なものしか身につけない自分を時々、とても苛立《いらだ》たしく思うんです。今日も、何を着てこようかとても悩んだんです。貴方と一緒に歩くのにふさわしい格好をしなければと、あれこれ悩んだんです。でも、こんな格好しか出来ないし、こんなお洋服しか持っていないんです」

君はその時、とても悲しそうな表情を作りました。

「A.P.C. は好きなんでしょ?」

「はい」

「それじゃ、いいじゃありませんか。こんなお洋服しか持っていないといっては、A.P.C. が可哀想《かわいそう》ですよ」

「COMME des GARÇONS のお洋服を買ったこともあるんです、実は。とても可愛《かわい》いワンピースで、どうしても欲しくなって、買ったんです。短大の頃。お小遣《こづか》いをはたいて、清水《きよみず》の舞台から飛び下りる気持ちで、買ったんです。でも、飛び下りた結果、骨折しました。私はそのワンピースを着て一度も外に出られませんでした。そんなに派手なデザインのお洋服ではなかったんですけれど、買って帰って家で着てみたら、とたんに恥ずかしくなってしまって、というか、意気消沈《いきしょうちん》してしまったんです。私が着るのは申し訳ないような気がしてしまって」

「お洋服に謝ったんでしょ」

「はい」

「君は人ばかりじゃなく、お洋服にも謝るんですね」

「はい。私、全てのことに自信がないんです。だから何時《いつ》もビクビクしていて、謝っているんです。卑屈《ひくつ》な駄目《だめ》人間です、とても」

「COMME des GARÇONS は好きだけど買えないことは解りました。他に好きだけど、買う勇気の出ないブランドはあるんですか」

「うーん。KEITA MARUYAMA ……。とても好きなんですけど、ロマンチック過ぎて私のような地味な人間が着ていいのかと思ってしまうので、雑誌で観るだけです」

「KEITA MARUYAMA ですか。それは、いい。君にピッタリだ」

美術館がまもなく閉館するので云々《うんぬん》というアナウンスが会場に流れ始めました。僕は君にいいました。

「今からもう一つ、つきあって貰いたい場所を今、思いつきました。時間はまだ、いいですよね」

「はい」

僕は少し怪訝《けげん》そうな面持《おもも》ちの君を連れて美術館を出ると、タクシーを拾い、JR京都駅横の伊勢丹に向かうよう運転手に指示しました。

「KEITA MARUYAMA のお店を観にいきましょう。僕も彼のお洋服は大好きです。メンズは子供っぽいというか、カラフル過ぎるので自分では着ることはありませんけれど。君に KEITA MARUYAMA はきっと似合いますよ」

僕は少し興奮していました。君に僕も大好きな KEITA MARUYAMA のお洋服を着せてみよう。君とお茶を飲み美術館に来られたことだけでも満足なのに、それ以上に愉しみを発見してしまった。僕は自分がついていると思いました。死ぬ前に神様はありったけのラッキーを僕に与えて下さるのかとさえ思いました。僕達は伊勢丹に着くと、すぐさま KEITA MARUYAMA のお店の入っているフロアに直行しました。僕はお店に入ると、勝手に君に似合いそうなお洋服を選び始めました。君は僕が何をしたいのか、僕にどうつきあえばよいのか解らないという戸惑いの表情で僕の横に立っていました。

九〇年に ATSUKI ONISHI から独立し、東京コレクションには九四―九五年秋冬から参加、九七年にはパリコレクションにデビューした丸山敬太のメゾンである KEITA MARUYAMA TOKYO PARIS は、どこか懐かしく淡い、独自のジャポニズムを軸にロマンチックなお洋服を毎シーズン発表するので、僕は大層気に入っていました。KENZO のフォークロアを大胆にミクスチャーしたジャポニズムでもなく、Yohji Yamamoto の茶道や武道の精神にも通じる武骨ながらも洗練されたジャポニズムでもなく、KEITA MARUYAMA のジャポニズムは、遠い記憶の彼方にある穏やかで可愛らしい日本の風情《ふぜい》を常に描き出していました。籐《とう》の買い物籠《かご》や割烹着《かっぽうぎ》、桃割れの頭やみつあみが似合いそうなジャポニズム、金魚や縁日や炬燵《こたつ》や桜が風景として見えてくるようなジャポニズムが

KEITA MARUYAMA のお洋服には何時《いつ》もありました。何処《どこ》か少し野暮ったいのだけれど、そこが切なく心をくすぐるというのが、KEITA MARUYAMA のお洋服の特徴なのです。『身体の夢』展には KEITA MARUYAMA のお洋服は何故《なぜ》か、一点も見当たりませんでした。九〇年代の日本を代表するデザイナーといえば、真っ先に丸山敬太の名前を挙げなければならぬ筈《はず》なのに、これは少し不思議なことでした。

サテン地のチャイナ風のキャミソールや地味なボーダーのニットなど様々なものを僕は無言で次々に手に取り、それを君の前に掲げては棚に無造作に戻していきました。そして最終的に、ピンク地に鳥と草花の模様があしらわれたキャミソールを拡げ、君の顔とその服を交互に見比べながら大きく頷きました。

「君はこれを、どう思いますか」

僕は君の手にキャミソールを持たせ、訊ねます。

「とても素敵だと思います」

「僕もそう、思います。他に君の気に入ったものはありますか？」

気に入ったものがあるもないも、君は僕が次々と棚からお洋服を取り上げて吟味《ぎんみ》するのを眺めていただけですから、応えようがありません。僕は君の返事も聞かずにこういいました。

「ここで一つ、提案というか、お願いがあるんです。このキャミソールを、試着して貰えませんか」

「私が、ですか……」

君は困ったような、少し泣きそうな表情を浮かべました。

「そう、君がです。僕はこれが果たして本当に君に似合うのか、確かめてみたい」

その時、とてもよいタイミングでショップの人が「よろしかったら、是非《ぜひ》、ご試着を」と僕達の中に割って入ってきました。僕はすかさず店員さんに「これ、彼女に似合うと思いませんか」と訊ねました。店員さんは「ええ、とてもお似合いになると思いますよ。今の時期だとインナーとして着ていただけますし、夏になればこれだけでも着ていただけます。今、穿《は》いておられるようなスカートにも併せやすいと思います。こちらのほうでご試着を」と応えました。

「さぁ、どうぞ」「着てみるだけ着てみて下さい」。僕と店員さんは君の思惑《おもわく》なぞ関係ないという勢いで、まるで最初から打ち合わせ済み、結託していた仲間のように君が試着室に入らねばならぬ雰囲気に持っていきます。

君は諦めたような顔をして、暫《しばら》くして僕達の言葉に従いました。やがて君は試着室のカーテンを開けました。キャミソールはとても君に似合っていました。君は恥ずかしそうに僕を見ました。

「どう？」

僕は君に感想を求めます。

「とても可愛いです……」

君は消え入りそうな声で、そう応えました。それを聞き、僕はすかさず店員さんにいいました。

「これを下さい」

君は口をぽかんと開けて僕を見つめます。

「僕はこれを君にプレゼントしたい」

「困ります」

「困るのは承知で、プレゼントしたい。させて下さい。今日、つきあって貰ったお礼と思ってくれればいい」

「でも、こんな高価なもの、いただけません」

「そんなに高価じゃないですよ。世の中には CHANEL や PRADA の誰が持っても同じような鞄を買って貰って平然としている女性も、うなる程いるんです。こんなもの、ささやかな贈り物です。間違って貰っては困るけれど、これをプレゼントしたくらいで、僕は君に何か見返りをくれなんてことはいわないし、下心も、ない。お洋服は似合ってる人に着て貰ってこそ、輝くんです。とにかく、試着室で押し問答をしていても埒《らち》があかない。先《ま》ずは、それを脱いで」

君は試着室のカーテンを仕方なく閉じました。やがてキャミソールを手にした君が出てきます。僕は君の手からキャミソールを奪い取るようにして、店員さんに渡しました。

「カードですか、それとも――」

「現金でお願いします」

「暫くお待ち下さい」

キャミソールとその代金を受け取った店員さんは、足早にレジカウンタの方に駆けていきます。君はその姿を眼で追いながら、「あの、本当に、困るんです」といい続けました。そして最後は自分の財布を取りだし、「あの、あれは私が買います」とまでいいだしました。僕は君の肩に手を置きました。そして諭《さと》すようにいいました。

「本当に、気にしないで下さい。コーヒーを奢《おご》って貰った程度に考えて下さい。僕が勝手に君にあれをプレゼントしたいだけなんです。君にはそれを後で全く着ない自由も、家に帰る前に袋から出さず捨ててしまう自由もあるけれど、僕が君の為に何かを買うことを止める権利はない筈《はず》です」

やがて店員さんは、水色の袋と釣り銭を持って僕の処《ところ》に戻ってきます。僕は釣り銭を受け取り、袋を君に渡しました。

「ね、お願いだから受け取って下さい」

君は恐る恐るといった手付きでその袋を受け取りました。そして僕にいいました。

「私、あの、何ていえばいいんでしょう。その、あの、本当に、有り難うございます。あの、本当に、本当に、有り難うございます」

君は何度もペコペコと、まるで借金の取り立てにこられたのに借金が返済出来ぬ債務者のように頭を下げ続けました。その光景は少し奇妙なようで、周りの買い物客達がじろじろ見て通り過ぎていきます。僕は「そんなに沢山、お礼をいわなくていいです。いわれると困ります。こっちが逆に恐縮します」と今度は逆に困惑しなければならなくなってしまいました。

「さぁ、帰りましょう。何で帰りますか？　JR、それとも京阪、阪急？」

「……阪急です」

「それじゃ、河原町まで戻ったほうがよいですね。駅迄《まで》送ります」

伊勢丹を出て、僕はタクシーを拾い、君を乗せました。そして「四条河原町」と告げました。四条河原町に至る道は大層、混雑していました。

「今日は、本当に有り難うございました」

君は執拗《しつよう》にお礼をいいます。

「いいえ。君とこうして一日一緒に過ごすことが出来てとても愉しかったです。こちらこそ、有り難う」

「あの、山形には何時《いつ》、発《た》たれるんですか」

「来週の水曜日の予定です」

僕はまた適当な嘘をつかねばなりませんでした。

「そうですか。あの、それまでに、引っ越しの準備やら何やらでお忙しいとは思うのですが、もう一度、逢って貰えませんか。少しの時間でもいいんです。平日のお昼でも仕事を休みますから」

君の突然の申し出に僕は戸惑ってしまいました。何故《なぜ》なら、僕は君を送ったその後、そのまま家路《いえじ》につき、キッチンで首を括《くく》って死ぬ予定だったのですから。僕は思案しました。

「明日はどうですか。明日の夕方。病院が終わる時間でいいです。仕事が終わって四条河原町に出てくるとなると何時になりますか」

「六時には大丈夫です」

「じゃぁ、今日と同じ喫茶店で待ってます。ご飯でも食べますか？」

「はい」

君はこっくりと頷きました。そして安心したように微笑みました。車はやがて四条河原町に着きます。君と共に車から降り、僕は阪急の改札迄、君を見送りにいきました。

「では、また明日」

「はい」

君が改札を抜け、人込みに紛《まぎ》れていく様《さま》を眺めながら、僕はうーむと腕組みをしました。明日、逢う約束をしてしまった。約束をすっぽかす訳にもいくまい。死ぬのは明日の夜迄延期か。やれやれ。また一日、長く生きてしまうことになった。僕は頭を掻《か》きむしりながら、帰路《きろ》につきました。

翌日も僕は、ひと足早くソワレに着いていました。君は黒い A.P.C. のタイトなスカートに薄手の淡いグレイの agnès b. のニットを羽織り、髪をシニョンで一まとめにしていました。そしてニットの下には、昨日買った KEITA MARUYAMA のキャミソールを着ていました。

「嬉しくて、早速着てみました」

「とても似合います」

君はもじもじとしながらも嬉しそうにはにかみました。

「あの、昨日は本当に、すみません。私、こんな高価で素敵なプレゼントを貰い慣れていないもので、どうしていいのかが解らなくて、とても、とても、嬉しかったんですけど、それをどう表現していいのかが解らなくて、何か、逆に嫌な思いをさせてしまったんじゃないかと思って」

「そんな心配は無用ですよ」

「このお洋服、とても気に入ってます。試着した時に、本当はスゴく欲しくなったんです。でも、似合ってるのかどうだか、自信がなくて……。だって可愛過ぎるんですもの」

「君は可愛過ぎるから、丁度《ちょうど》折り合いがついてますよ」

「そんなこと、ないです。それにもう、こんな可愛いお洋服を着ていられる歳《とし》でもないし」

「全然、平気です。KEITA MARUYAMA のショーには山口小夜子《やまぐちさよこ》もモデルで出たりするんですよ。年齢なんて関係ないです。肝心なのはスピリッツです」

「私にはそのスピリッツもないです」

「あります。あるからこそ、僕は君にその服を贈りたかったんです。君は自分のことを必要以上に卑下《ひげ》する癖があるんですね」

「卑下しているつもりはないんです。でも、KEITA MARUYAMA のお洋服なんて、本当に私になんて勿体《もったい》ないものなんです。貴方は私のことを勘違いしていらっしゃいます。貴方の周りには私のような何の取柄《とりえ》もない平凡な人間がいないから、珍しさが手伝って貴方は私を買い被《かぶ》っておられるんです」

「そんなことはありませんよ」

「貴方のお友達やお知り合いって、きっと非凡な方ばかりでしょ」

「知り合いは多くないので何ともいえませんけれど、普通だと思いますよ」

「でも、普通に学校を出て、とりたてて夢や大志もなくサラリーマンやOLになって、適齢期がきたら結婚をして家庭を持つ、そしてそのことに不満や疑問を持たない人なんて、いらっしゃらないでしょ」

「サラリーマンやOLの知り合いは確かにいないですけれど」

「私の棲んでいる世界は、とても普通な世界なんです。友達も知り合いも、皆普通です。絵を描くことが好きだったり、得意だったりしても、それで生計をたてていこうなんて思う人はいません。歌が好きでも、楽器が上手くてもミュージシャンを目指す人なんて、私の周囲にはいないんです。映画がいくら好きでも、監督になろうだとか、俳優になろうなんてことは誰も思わないんです。映画が好きだから映画関係の仕事に就こうと思う人と、映画鑑賞を趣味として極めようという人の間には、深い溝《みぞ》があるような気がします」

「確かにそこには深い溝があるかもしれません。でもね、映画を観るだけの人が普通で、作る人が普通ではないというのは、間違っていると思いますよ。ポピュラリティを得られる作品を創作する為には、非凡な才能が邪魔になるケースがままある。平凡な思考回路を有《ゆう》するが故に、クリエイターとして成功している人の方が多いんじゃないでしょうか。僕は単なる市井《しせい》の映画ファンの方が、クリエイターよりも尋常《じんじょう》でないことが多いと思います」

「そうでしょうか」

「そうですよ。例えば、昔に行ったおでん屋さんがあるんですけれどね。そのお店のご主人はとても映画が好きなんですよ。特に一昔前の日本のヤクザ映画が好きなんです。で、お店の名前は、『網走番外地《あばしりばんがいち》』。店内は映画のポスターだらけでね、メニューには『高倉健』とか『菅原文太』とある。確か、ちくわが『高倉健』で、はんぺんが『菅原文太』だったと思う。『鶴田浩二』は玉子だったかな。この店のご主人なんて、君にいわせれば単なる映画ファンで平凡な人の部類に属するんでしょ。でもよくよく考えれば、映画が好きで監督や俳優を目指す人より、変というか、エキセントリックだと思うんです」

「うちの商店街にもありますよ、似たようなお店が。お好み焼き屋さんなんですけど、店長が大のプロレス好きで、豚玉が『ジャイアント馬場』、イカ玉が『アントニオ猪木』。お店ではずっとプロレスの音楽を流しているんです、一日中」

「そんな人の方がプロレスラーになろうとする人より、非凡だとは思いませんか」

「そうでしょうか。そうは、思えません。そういう人達――ヤクザ映画好きのおでん屋さんにしろ、うちの商店街のプロレス好きのお好み焼き屋さんにしろ、敷かれたレールの上で遊んでいるだけなんです。いくら車体をデコレーションしても脱線はしないんです。レールの外に出ては行かないし、出ていく気もないんです。だから、変かもしれないけれど、平凡な人達なんです。貴方は変じゃないけど、平凡な人ではないんです。それが私には解るんです。私は平凡な人間の代表選手のような存在ですから、貴方がいくら自分を平凡な人間だといおうが平凡ではないことが解るんです。気配《けはい》が、違うんです。カブトムシとゴキブリのように明らかに何か、根本的な部分が私と貴方では、違うんです」

「ややこしいですね」

「そうですね」

君はそういったきり、暫《しばら》く黙り込みました。

「この喫茶店って、BGMがないんですね。珍しい。沈黙すると、間《ま》が持ちません」

「バッハなんかが似合いそうですけどね」

「バッハは、お好きですか？」

「ええ」

「私、バッハの『ゴールドベルク変奏曲』というピアノ曲が好きなんです。何だか軽快なのに安心するというか」

「僕はバッハなら『マタイ受難曲』が一番好きですね。『ゴールドベルク変奏曲』はバッハが或《あ》る不眠症の伯爵から聴けば眠りに就《つ》ける曲を作って欲しいと依頼され、作った安眠ミュージックなんですよ」

「そうなんですか。クラシック、お好きなんですね」

「好きという程のものじゃありません。どの指揮者の何年の演奏が素晴らしいとか、そういったことにはとんと無知です。只《ただ》、家にいる時は、というか家にいる時くらいはクラシックを聴いていたいでしょ。街にはガサツな音が溢れ返っていますから。君は、他にどんな音楽が好きなんですか」

「私ですか。私は、ええと、とりたててこれが好きだといえるジャンルもアーティストもいないんですけれど。煩《うるさ》いロックは余り聴きません。でもビートルズは好きです」

「王道ですね」

「お嫌いですか？」

「苦手ですね。曲が嫌いだとかそういうのではなく、ビートルズという存在自体が苦手なんです。熱心なマニアが多いでしょ。そういった、ビートルズを取り巻くものが嫌いなのかもしれない」

「何となく、貴方はビートルズが嫌いなような気がしました」

「映画はどんな映画を観るんですか？」

「いろいろですけど、ハリウッドの派手なアクション系は苦手です」

「僕もです。一番好きな映画といえば？」

「うーん。『サウンド・オブ・ミュージック』。何度観ても飽きないじゃないですか。貴方は？」

「タルコフスキーの映画が好きですね」

「すみません。私、その人、知りません」

「ロシアの監督です。眠くなる映画ばかり撮る人です」

「私達、話が合いませんね。私が悪いんですね。無知でつまらない人間だから」

「そんなことはないですよ。でも、お見合いだったら、この度はご縁がなかったことに──ということになってしまうでしょうね。趣味って、あるんですか」

「趣味といえるようなものは特に……。編物が好きなくらいで。後は、犬。私の家では、大きなアフガン・ハウンドを飼っているんです。これが可愛いんですよ。とても利口《りこう》でおとなしい犬なんです。犬は、お嫌いですか？」

「苦手ですね、どちらかといえば」

「猫は？」

「猫も駄目です」

「動物はお嫌いなんですか？」

「山羊《やぎ》は好きですよ」

「山羊ですか……どうして山羊なんですか」

「自分でもよく、解りません。その中でも、バーバリー・シープという高山に棲む山羊が一等《いっとう》、好きなんです。とてもカッコいいんですよ。山羊は、嫌いですか？」

「好きとか嫌いとか、山羊に就いて考えたことがありませんでした」

「なかなか二人の共通点が見つかりませんね。ええと、好きな国は？」

「行ってみたいのは、ニュージーランド。貴方は？」

「フランスかな」

「あ、フランスは私も好きですよ。短大の時、友達と行きました。フレンチ・ポップスが好きなんです。特にジェーン・バーキン。でもゲーンスブールはそんなに好きじゃないです」

「ようやく接点が見つかった。僕も好きですよ。コンサートも行ったことがある。『Quoi』って曲があるでしょ。あれが僕は彼女の歌の中で一等、好きです。僕はフランス語がからきし駄目で、でも輸入盤でしかその曲の入ったアルバムを持ってないから、『Quoi』を〝コワ〟と発音するんだということを長い間、知りませんでした。ずっと〝キウイ〟だと思い込んでいました。キウイは美味《おい》しい果物だという内容の歌なのだろうと、漠然と思っていました」

「私もあの曲は大好きです。後は、『想い出のロックン・ローラー』が好きなんです」

「『Ex-fan des sixties』ですね。いい歌です。僕は今、三〇歳ですけど、三〇歳になると二〇代に聴いていたのとは違う、新たな感慨深さを憶えてしまいます」

「クラシック以外にも造詣《ぞうけい》がやっぱり、おありになるんですね。そうですよね。そうでなくちゃ、イラストレーターのお仕事なんて出来ませんものね」

「それは誤解ですよ。偶々《たまたま》、僕もジェーン・バーキンは好きだっただけで。これで君が実はメタリカが好きだとか、エアロスミスが好きだとかいったら、僕は一曲もタイトルがいえない」

「ふふふ」

君は可笑《おか》しそうに笑いました。

「うちの病院の先生は、エアロスミスが好きなんですよ。流石《さすが》に、診療中は掛けませんけど、診療時間以外にはラジカセでガンガン、エアロスミスを流しながらお仕事をしていらっしゃいます」

「あの先生が、エアロスミスねぇ」

「大学時代は、コピーバンドをやっていたそうですよ」

「ありゃりゃ。ところで、今日は何か食べたいものはありますか」

「私は何でもいいです。というか、自分のお腹が空いているのかどうだか、よく解らないんです。緊張しているもので」

「何故《なぜ》に緊張してるのです」

「だって、こうして貴方とお逢いしているから。嬉しいけど、緊張してるんです」

「僕といると困惑しますか？　何たって、山羊好きの鬱病ですからね」

「困りはしないんです。でも、なんというか、私、こういうの、苦手というか、やったことが余りないんです。男の人とこうしてお茶を飲んだりすることの経験が乏《とぼ》しくて、どう振る舞っていいのか解らないんです」

「でも、君ならもてるでしょう」

「そんなこと、ないです」

「喋らなくても、君が微笑んでいるのを見るだけで世の男性は皆、否《いや》、同性も満足する筈《はず》です」

「それは買い被りです。私は只、馬鹿の一つ憶えみたく、愛想笑いを全ての人に振りまくだけしか出来ない人間なんです。自分の意思がないというか。自分の意思を人に伝えるのが、意見を主張するのがとても恐いんです。自分で何かを決めれば常に間違ってしまうような気がして……。主体性がないというか、結局、無責任なんでしょうね。情けないですけれど。だから、友達と遊びに行っても、皆のいいなりです。映画が観たいといわれれば映画に行くし、ハイキングだといわれればハイキングに行くんです」

「ハイキングに行くんですか？」

「私は嫌いなんですけど、そう提案されれば、拒《こば》めないんです」

「フラストレーションがたまるでしょう」

「よく解りません、自分では。只、肩凝《かたこ》りは非道《ひど》いです。偏頭痛《へんずつう》もします」

「それじゃ、食べるものも決まらないし、かといってここにそんなに長居する訳にもいかないし、どうです、僕のマンションに来ませんか。パスタとコーンスープくらいなら作れます。で、お腹が空いたら、食事の用意をすればいい。街中の喫茶店よりは落ち着きますよ」

「お邪魔じゃないですか」

「全く。マンションは下鴨神社をもう少し上がったところにあります。君の病院から歩いて十分くらいのワンルームです」

「それじゃ、少しだけお邪魔してもいいですか」

「はい」

妙な展開になってきたぞ。果たしてこれは僕が道筋をつけているのか、もっと大いなる力が働いてこの状況に持っていっているのかと自問しつつ、僕は君を連れてカフェーを出て、僕のマンションへと向かいました。すぐにでも死ぬ準備が整っているので、部屋は掃除もいき届き、来訪者に不快な思いをさせるようなことにはなっていませんでした。困ったのはキッチンに吊るされた首吊り用の縄ですが、鍋《なべ》などのキッチン用品を吊り下げておくのに具合がいいんですよという いい逃れで何とかなるだろうと腹を括《くく》りました。まさか、キッチンにぶらさがった縄を見て、即座に首吊りをする為のものだと勘付《かんづ》く人はいないでしょう。

部屋に着き、僕は君に適当に座ってくれるようにと指示をし、グレン・グールドの演奏する『ゴールドベルク変奏曲』を流しました。そして熱いジャスミンティを用意しました。

「昨日のお返しにと思って、いろいろ考えたんですけど、時間がなくて、それよりもセンスがなくて、悦《よろこ》んでいただける自信はないんですけど、とりあえず、これを」

そういって君がトートバッグから取りだしたのは、ネクタイが入っているのであろう袋でした。中を開けると、そこには黒地に Vivienne Westwood のオーヴのトレードマークが入ったネクタイが入っていました。

「有り難う。かえって、気を遣わせちゃいましたね」

「気にいらなければ、捨てて下さい。でも感謝の気持ちをどう、表現していいのか解らないから、私」

君は俯《うつむ》きながら言葉を続けました。

「Vivienne Westwood は、お好きでしょ。何時《いつ》も病院に来られる時、何処《どこ》かしらに Vivienne Westwood のものをおつけになっていらしたから。Vivienne Westwood のお洋服って、素敵だなとは思うんですけど、自分が着ようとは思わないし、それより先《ま》ず似合う筈もないし、私の周りには Vivienne Westwood が好きなお友達もいないので、ネクタイにしろどんな柄を選んでいいのか解らなくて……すみません」

僕はしていたネクタイを外し、早速《さっそく》それを結びました。

「大丈夫、気に入りましたよ。似合いますか」

「はい」

「人に何かを決めて貰うほうが安心するんです。自分で何かを決めろといわれたら、どうしていいか解らなくなって、焦ってしまうんです。
「もって生まれた性格や資質はそうすんなりと変わるものではないですよ」
この性格がとても嫌なんですけど」
るようですが、違うんです。普通以上に人の顔色を窺《うかが》ってしまうだけなんです。自分でも
しまう。――こういうと非常に心配りが出来る立派な人間であると自分をアピールしてい
「私は、そんなふうに考えられない性質《たち》なんです。何時《いつ》も必要以上に相手のことを考えて
し売りこそが、プレゼントなんです」
そうじゃないんです。自分が相手に贈りたいものを贈ればそれでいいんです。気持ちの押
ゼントなんてものはね、相手の気持ちを慮《おもんぱか》って選ぶのが常識とされていますが、本当は
「僕だって君のことを殆ど知らない。でもそのキャミソールをプレゼントしました。プレ
て殆《ほとん》ど何も知らないし、何を贈れば悦んで貰えるか、解らなかったものですから」
したものを貴方にプレゼントするのは、気後《きおく》れしてしまうんです。でも、貴方のことなん
「だって、貴方は私よりもだんぜんお洒落だし、お洋服にも詳しいから、何かお洋服に関
「ええ、どうしてそんなことを訊《き》くんです？」
「本当に、気に入って貰えましたか？」
「大切にします」

していいのか解らなくなって、狼狽《うろた》えてしまうんです。貴方のようにプレゼントは気持ちの押し売りだとか、潔《いさぎよ》く思えないんです。自分でこれが好きだ、これは嫌いだとはっきりいえるような人間になりたいです。貴方は好き嫌いをはっきりいえるタイプの人ですよね。羨《うらや》ましい」

「羨ましいだなんてとんでもない。嫌いなものは全く受けつけることが出来ないというだけのことです。そのせいでいろいろ苦労もします。例えば僕は靴下は黒のハイソックスしか履《は》かないことにしているのですが、夏になるとなかなかハイソックスが売っていなかったりする。だから寒い時期に買い溜《だ》めしておかなくてはならないんです」

「何故《なぜ》、黒のハイソックスなんですか？」

「靴下に限らず、先ず僕は下着は黒しか身につけないことにしています。その他の色では落ち着かないんです。何故ハイソックスかというと、ハイソックスが脚を最も美しく見せてくれるソックスだからです」

「なるほど。私は靴下に就いてそんなに深く真剣に考えたことがありませんでした。貴方からみると、私はとても拘《こだわ》りのない、美意識に欠けた女性に思えるでしょうね」

「そんなことありませんよ」

「お話をしていると、やっぱり貴方は私にとって遥《はる》か彼方の世界の人なんだと思わずにはいられません。貴方の棲む世界と私の棲む世界では、何が違うんでしょう……。同じ言葉を使って、同じ時代に生きているというのに」

「世界観ですか？」

「嗚呼《ああ》、そうかもしれません。私はとても平凡な世界観を持って生きています。そして平凡な感覚と現在、過去、未来しか持っていません」

「僕だって平凡な現在、過去、未来しか持っていない筈なんですけれど」

「そうでしょうか」

「そうですよ。僕は裕福なブルジョアでもないし、冒険家でもない。君と同じ平凡な一市民です。でも、そうですね、世界観は違うかもしれない。世界観の違いは、宗教の違いのようなものですよね。キリスト教徒は烏《からす》を忌み嫌う。でも日本の神道《しんとう》で烏は神鳥です。キリスト教徒も神道を信仰する者も同じ世界に生きて同じものを見て暮らしている。でも宗教が違うと、世界の断片に対する感覚や想いが微妙に違ってくる。――僕も君を彼岸《ひがん》の人だと感じますよ。君はきっと普通の友人やご両親に囲まれ、普通に恋愛をして、普通に結婚をする。君はそれを自然に受け入れ、その中にささやかな幸せや悦びを見出すことが出来る人のような気がする」

「その通りです。私は普通が一番だと思っています。ドラマチックだったり、エキセントリックだったりするのは、困ります。そんな人生を生きる資質も根性もないですから」

「僕にとって、君は憧れだったんです。人間は、ないものねだりをするものでしょ。僕は自分自身のことをエキセントリックだとは思わないけれど、僕は君の平凡な笑顔と佇《たたず》まいに、ずっと憧れていました」

「憧れていただなんて……。私こそ、貴方に……」

君は思いつめた眼をして身を硬くします。

「あの、私、実は後二週間したら、結婚するんです」

突然、僕は深い闇《やみ》の中に放り出されました。一瞬、眩暈《めまい》を憶えました。しかし僕は努めて冷静を心掛けました。

「おめでとうございます。それじゃ、準備やら何やらで、とても忙しいでしょう。こうして僕と一緒に過ごしていて、いいんですか」

「いいんです」

「因《ちな》みに、どんな人ですか。君の相手は」

「同じ商店街の、同い年の蒲鉾《かまぼこ》屋さんの長男です。子供の頃から、学校が同じだったりして、面識は充分にあります。とても良い人です。うちの親も、相手の親も悦んでいます。商店街中が盛り上がっています。お互い、異性として認識しだしたのは、高校に入ってからだと思います。よく解らないうちに、周りから二人はつきあっていることにされて、私もその人のことは憎からず思っていたというか、好意は持っていましたから、交際は順調に始まり、大きなアクシデントもないまま、ここまで来てしまいました」

「お幸せに――と、いうべきなんでしょうね」

「解りません。只、私の主体がないまま、全ては進行してきたんです。つきあおうと告白されて、気が狂う程好きな訳ではなかったんですけど、好感を持っていたから、とりあえずおつきあいを始めました。彼はとても私に優しくしてくれます。私、実は蒲鉾って、苦手なんです。うどんやおせちに入っていても、つい残してしまうんです。それでもいいと彼はいいます。結婚は、そろそろ二人の関係にけじめをつけなきゃならないだろうという彼の言葉に引きずられるような形で、承諾しました。拒否する理由がなかったものですから。自分を伴侶《はんりょ》として迎えてくれる人がいるというだけで、私は満足しなければならないのだと、何処《どこ》かで自分にいいきかせていたのだと思います。でも、婚礼の儀式やら式場の手配やらがどんどん進行していくにつれ、私は漠然とした不安を感じるようになってきました。マリッジ・ブルーといえば、それだけのことです。でも、多分、それとは少し違うのです。その不安の原因が何なのか――」

「何なのか」

「それは、よく自分でも解りません」

君はジャスミンティをゴクリと飲みました。

「只、確かなのは、私、貴方にもう逢えなくなってしまうことが、とても淋《さび》しいんです。心細いんです」

僕は自分の耳を疑いました。何故《なぜ》に、君が僕と逢えなくなることを淋しがるのでしょう。

「自分でも、おかしいとは解っているんです。二週間に一度、患者さんと受付として対面していたという関係でしかなく、交す会話といえば、こんにちはという挨拶くらい。貴方のことなんて、職業はおろか何も知らなかったんです。だから自分でも、貴方のことをこんなに自分が気にかけているとは思っていなかったんです。それなのに、貴方はあの日、私を展覧会に誘って下さいました。そして自分は京都をもうすぐ離れるとおっしゃいました。私、その時、解ったんです。自分が貴方にとても惹かれていたことが……」

「君は、混乱しているだけですよ。そう、単なるマリッジ・ブルーです。よく考えて下さい。何故、君が僕に惹かれる必要と理由があるんです」

「必要と理由がなければ、人を好きになってはいけないのですか！」

突然、君は大きな声をあげました。そして両の眼からポロポロと涙を零《こぼ》し始めました。

「私だって、自分で何故、貴方に惹かれたのか、よく解らないんです。貴方は顔立ちもいいし、お洒落だし、それで、単なる淡い憧れを抱いてしまったんだろうなと、思っていたんです。展覧会に行ったのは、一緒に行こうと決めたのは、結婚してしまったらもう自由に男の人と遊びに行ったりも出来ないだろうなぁという気持ちがあったからかもしれません。でも、貴方とお茶を飲んで、展覧会に行って、そして…… KEITA MARUYAMAのお店に行った後、私は自分が明らかに貴方のことが好きだということに気付いてしまったんです。貴方ともう逢えなくなるんだ、こんにちはといえなくなるんだと思うと、私はもう、無性《むしょう》に辛くなってしまったんです。貴方が悪いんです、貴方が、私を展覧会なんかに誘わなければ、誘わなければ……」

その時の僕に、君を抱き締めること以外、とるべき道があったでしょうか。君の身体の震えと体温が、恐ろしくリアルに伝わってきます。君は泣くことをやめませんでした。僕の肩に君の涙が零れ落ちます。僕は自分の腕の中にいる者が果てしない孤独の荒野に棲んでいた者であったことを悟りました。その荒野は僕が棲んでいる荒野のすぐ隣にありました。僕は君が孤独の荒野の住人であるとは夢にも思わなかった。荒涼たる風景があることすら知らずに生きている人だと思っていた。だからこそ、僕は君を展覧会に誘ったのです。一時《ひととき》でいいから、安穏《あんのん》な世界に棲む愛らしい人と時間を共有してみたいと思い、僕は君を誘ったのです。嗚呼、それなのに君もまた、僕と同じ荒野の住人であったのです。否《いや》、もしかすると君の棲む荒野は、僕が棲む、僕や希彌子さんが棲んだ荒野よりも、荒れ果てているのかもしれないのです。僕や希彌子さんは常に世界を嫌悪していました。しかし君は世界を嫌悪するという術《すべ》さえ知らず、世界に対して怯《おび》え続けていたのです。君の笑顔、どんな時にも見るとほっと人心地がつける笑顔の裏には、絶望的な諦念と不安があったのです。

僕は涙でグシャグシャになった君の顔を持ち上げ、激しく唇を奪いました。頭の中には、土砂降りの雨のような音が鳴り響いていました。君の腕が僕の身体に絡《から》みつきました。冷たい身体でした。同じ孤独を持つ者同士は、こうして互いを知らず知らずに呼び寄せるものなのでしょうか。

君は僕からずっと離れようとはしませんでした。君の身体が徐々に汗ばんでいくのが解りました。君の身体は僕の身体を求めていました。しかし……、肉体を重ね合うことを僕は躊躇《ためら》っていました。死にゆく者が生きていく者に大き過ぎる刻印を遺《のこ》してはならない。僕は君を自分の許《もと》からゆっくりと引き離そうとしました。すると君はそれを無言で激しく拒否し、僕の指を摑《つか》むと荒い吐息と共に口に含み、舌で執拗《しつよう》な愛撫《あいぶ》を始めるのでした。君は明らかに理性を喪失《そうしつ》していました。僕は訳が解らなくなり、君の身体を荒々しく押し倒すと、スカートの中に腕を突っ込み、君の下着を取り去りました。自分のズボンを降ろし、いきなり君の中に入り込みました。着衣したまま、僕達は床の上で暴力的に交わりました。僕はすぐに果てました。が、果てた僕を君は解放してくれませんでした。やがて僕達は二度目の交わりを迎えました。今度は長く、静かな交わりでした。その交接を終えると、君は憑物《つきもの》が落ちたように僕の身体から離れ、仰臥《ぎょうが》したまま眼を瞑《つむ》りました。そして暫《しばら》くして眼を開けると、おずおずとこう口にしました。

「夢ではないのですね」

「残念ながら」

僕がそう応えると、君は頭を抱えました。

「困ります」

「すみません」

僕は謝罪します。

「違います。私が、悪いんです。でも、どうしよう」

混乱する君に僕はいいました。

「人間、誰だって間違いはあります。君は少し興奮して自分を失ってしまっただけです。つまり、アクシデントですよ。夢の中の出来事だったと思えばいい。忘れましょう」

「嫌です！　そんなの」

君は予想外の回答をしました。

「アクシデントなんかじゃないです。そんなの——貴方がよくても、私が嫌です。私は、忘れません」

「でも、君は二週間後には、結婚をする身なんですよ」

「それじゃ、今日のことは忘れて、私は結婚してしまえばいいというんですか」

「変更は、出来ないでしょう」

君は考え込みました。

「確かに、もう変更は出来ません。どうしよう。結婚って、それまでの手続きが大変なんです。もう、新居の契約はしてあるし、新居用の家具だって、殆《ほとん》どが持ち込んであります。結婚式の会場だって押さえてあるので、キャンセルなんて出来ません。招待状の返事も返ってきて、席順表だって作ってあるんです。もし、私がここでやっぱり結婚は出来ないなんていったとしたら、いったとしたら、結婚する彼だけじゃなくて、いろんな人に迷惑をかけてしまいます。披露宴には北海道から親戚《しんせき》も来るんです。商店街の人達も大勢、来ます。結婚式を取りやめる訳にはいきません。それは不可能ではないけれど、私には出来ません。いいだせません」

「君の性格からして、この期《ご》に及んでキャンセルはいいだせないでしょうね」

「私はとても憶病なんです」

「僕はずうずうしい猫よりも憶病な犬のほうが断然好きですよ」

「憶病な犬とずうずうしい犬なら？」

「憶病な犬を選びます」

その応えをきいて、君はこの部屋にきてから初めての笑みを浮かべました。

「あの、ずうずうしい犬のようですけど、また逢えますか？　引っ越しする迄《まで》に」

僕は引っ越しをするというのは嘘であると白状しなければなりませんでした。

「どうしてそんな嘘を？」

「否《いや》、あながち嘘でもなかったんです。仕事も整理して、何時《いつ》でも引っ越せるような立場に今、僕はいます。全てが嫌になってしまったんです。だから死のうかどうしようかしら、いっそ何処《どこ》かに行ってしまおうかと思案していたという具合です。只《ただ》、行き先が決まっていないだけ。このままここに棲み続けることだって、だから出来ます。君のいる病院にもう行かないつもりだったことは、紛れもない事実です。だからこそ、僕は勇気を振り絞って、君を誘ったんです」

「死ぬだなんて――。でも、それでは、引っ越さなくてもいいんですね」

「――そうですね」

「引っ越さないで下さい。我儘《わがまま》なお願いなのは解っています。でも暫く、待って下さい。私に心の整理をする時間を与えて下さい」

「解りました。時間が経てば、心の整理がつきますよ、きっと」

「つくでしょうか」

「つけなくてはいけないでしょう」

「はい」

僕の家の電話番号を君に教え、近いうちに絶対に逢うという約束をすると、君はようやく家に帰るといいました。僕は君の電話番号はあえて訊きませんでした。僕は電話でマンションの前にタクシーを呼びました。君をタクシーに乗せ、僕は一人、部屋に戻ります。僕はキッチンに取り付けていた首吊り用の縄を外しました。「また、死ぬ機会を逸《いっ》してしまった。何をやっていることやら」。僕はひとりごちました。

次の日、君からの電話はありませんでした。が、その次の日、夜中に僕の部屋の電話は鳴りました。

「あれからいろいろ考えたんですけど、考えがまとまらなくて。とりあえず昨日は、貴方がいったようにアクシデントというか、貴方という存在自体がアクシデントだったんだ、夢のようなものだったのだと思おうと前向きに考えてみたんですけど、やっぱり淋しくなって、こうやって、電話してしまいました。おかしいですね。以前は、二週間に一度、こんにちはと挨拶をかわすだけだったのに」

「忙しいですか」

「式の準備とかいろいろあって忙しいのは忙しいですけど、明日の夕方は空《あ》いています」

「逢いますか」

「はい。貴方のお部屋にお邪魔してもいいですか」

「勿論《もちろん》。場所は憶えていますか」

「大丈夫です」

以来、君は毎日、忙しい最中、小さな暇をみつけては、僕の部屋にやってきました。その度に僕達は抱き締め合い、お互いの存在を確認し合いました。

或る日、君はこんなことをいいました。

「貴方と近代美術館に行きましたよね。最初の方の展示室に、昔のコルセットが沢山、飾ってありましたよね。中には鉄製のコルセットもあったじゃないですか。あんなに重くて苦しいものを昔の人はよくつけていたものだと、思いました。でも、考えてみれば、人は誰もが今も昔も、コルセットをつけて生きているんですよね。常識とか倫理とか体裁とかいろんなものに拘束されながら生きているんですよね。何かに拘束されるということが、生きるということなんですよね。私、結婚したくありません。でも、もうどうすることも出来ません。といいながら、本当に結婚が嫌なら、何もかも捨ててしまうつもりでいるなら、キャンセルすることは出来るんですよね。つまり、私は拘束されることを苦しいと思いながらも受け入れているんですよね、結局のところ」

一日一日を、君と僕とは大地に杭《くい》を一本ずつ打ち込むようにしながら重ねていきました。僕は必死になって君の髪の匂《にお》いを、肌の温かさを、克明に記憶に焼きつけました。君が結婚してしまえば、この関係はなくなってしまうのだ。結婚後、君と僕との関係をどうするのかは互いに口にはしませんでしたが、終わりがくるであろうこと、終わりにしなければならないことは二人共、よく解っていました。だからこそ、遺された時間を僕達は、貪《むさぼ》るように絡まり合いながら過ごしました。僕は二人の関係の終焉《しゅうえん》を見届けて死のうと思いました。それ迄は、最期のあがきとばかり生に固執《こしつ》してやろうと思いました。

「貴方は私が結婚することを、止《と》めはしないんですね」

「はい。だって今から僕が止《や》めて欲しいといったところで、止められないでしょう。それは君が一番、解っている筈《はず》です。出来ないことを承知の上で、結婚は取り止めて欲しいと、僕にいって欲しいですか？」

「いいえ」

『卒業』という映画がありますよね。あの映画が、僕は嫌いです。ラストシーン、結婚式を行っている教会に、主人公が乗り込んで、花嫁を連れ去ってしまうシーンが僕は嫌いなんです。世の中では、名場面とされていますけれど。あんなことをしでかして、あの主人公は奪った花嫁を幸せにすることが出来るんでしょうか。あんなふうに式をぶち壊されたら、花嫁はもう親や親戚、友人らに合わす顔がないですよね。花嫁にそれだけのリスクを背負わせても自分の感情のままに行動するという主人公の傲慢《ごうまん》さが、僕には理解出来ない」

「私もあの映画は好きじゃありません。残された花婿《はなむこ》のことを考えずに、主人公についていく花嫁の気持ちが、理解出来ないです。きっと新婚生活の為の家や家具も用意してあるんです。あの主人公と花嫁は我儘です。あのラストを観て、私は全く爽快《そうかい》な気持ちになれませんでした」

「僕がもし、君の式に乱入して、君に一緒に逃げようと手を差し出したとしても、君は悲しい顔をして首を横に振るのでしょうね」

「多分……」

「式を取り止めにしてくれと、いうべきなんだと思います。それが君に対する誠意なんだと思います。無理を承知で頼むべきだと思うんです。でも、僕にはそれが出来ない。僕は自分の明日すら保証することが出来ない。そんな僕に君の未来を歪曲《わいきょく》させる権利はない」

「私はきちんとした家庭を築けるのでしょうか」

「多分、君なら大丈夫です」

「罪悪感に押し潰《つぶ》されそうです。今日も結婚する彼と披露宴の引出物《ひきでもの》を決める為に逢っていたんです。私が結婚する相手は、私には勿体《もったい》ないくらいの人です。あの人と逢っていると、貴方にはもう逢ってはいけないと良心が叫ぶんです。でも、私はこの部屋に来てしまう。私は、自分がどうしたいのか、何を求めているのかさっぱり解りません」

「もし、君が結婚を控えていなかったとして、普通にその彼とつきあっていたとして、僕とこういう間柄になったなら、君は彼の許《もと》を去って僕の処《ところ》に来ますか？　僕は、君は来ないと思う」

「そうかもしれません」

「結婚ということを僕は考えたことがないのでよく解りませんが、結婚を決めるということは、一つの大きな諦念《ていねん》を受け入れるということだと思うんです。年々、離婚率は高くなっているそうですが、誰も別離《べつり》を前提として結婚には臨《のぞ》まない。この人と一生、家族として暮らしていくんだと思い、結婚を決める。その為には捨てなければならないもの、諦めなければならないものが沢山ある。君は誰もがコルセットをつけて生きているといったけれど、結婚というものも一つのコルセットです。苦しいことが解っていながらも、それをつけるんです」

「そのコルセットがなかったら、私は自分が貴方を好きであるということに気付かなかったかもしれません。結婚を控えていなければ、私はあの日、貴方の誘いを断っていたかもしれません。結婚が正式に決まってから、私の中には嬉しいというよりも、本当にやっていけるのかという不安のほうが拡がっていきました。私にとって、貴方はその不安を忘れさせてくれる為の恰好《かっこう》の道具だったのかもしれません。私は貴方を利用しているだけなのかもしれません」

「それでも、構いません。僕は君と美術館に行けるだけで満足だった、それ以上のことは望んでいなかったんです。でもこうして、今、僕の横には君がいる。この時間は僕にとってボーナストラックですよ」

「好きです。自分でも驚く程に貴方のことが。こんなに短時間に、こんなに急激に人を好きになれるなんて、考えもしなかった。愛して——」

「愛という難しいもので、二人を拘束するのは止めておきましょう。それでなくとも、君は八方塞《はっぽうふさ》がりの重い窮屈《きゅうくつ》なコルセットをしているのだから」

事件が起こったのは、結婚式を三日後に控えた日の夜でした。何時《いつ》ものように君が部屋にやってきて、帰る時間になり、僕がマンションの下まで送りにいくと、そこに見知らぬ男性が彫像のように立っていました。果たして、それは君が結婚する相手、蒲鉾屋さんの息子でした。彼が君の結婚相手であることは、彼の横にある原付バイクを見ればすぐに解りました。原付バイクのボディには、大きく「野村蒲鉾店」という文字が書かれていましたから。君は凍りつき、反射的に激しく頭を振りました。そしてしゃがみ込みました。

「貴方は、彼女とどのような関係なんですか」

蒲鉾屋さんの息子は激情を押し殺すようにしながら静かに僕にいいます。とっさの判断がつかず、僕は黙り込みました。沈黙する僕を険《けわ》しい目線で刺し、彼はしゃがみ込む君の前に向かいました。

「近頃、様子が妙だから、何かあると思っていたんだ。逢うと何時《いつ》も君は上《うわ》の空だ。そして変に怯えているような素振りさえみせた。悪いけど、今日、君と別れた後、尾行《びこう》させて貰ったよ。——はっきりいって、僕には信じられない。どういうことか、きちんと説明して欲しい」

しゃがみ込み、胎児のように身を屈《かが》める君の肩に彼の手が伸びます。君のすすり泣く声が聞こえてきました。僕達は、とりあえず二十四時間営業の近くのファミリーレストランに向かうことにしました。道端で込み入った話をする訳にはいきません。案内された席で彼は君の横に座りました。彼はコーヒーを注文し、君に何がいいかと訊ねました。君が何も応えなかったので、彼は「紅茶でいいね」といい、君の分のオーダーをウェイトレスにしました。僕はその後にコーヒーを頼みました。彼は自分の名前と、自分が君の婚約者であることを僕に告げました。僕は「知っています」と応えました。

「貴方は、僕達が後数日で結婚すると知っていながら、今日、彼女と逢っていたんですね」

「はい」

「どういうつもりですか」

僕は応えられませんでした。どういうつもりでもなかったからです。

「彼女のことを、どう考えてるんですか」

またしても彼が僕に詰め寄ります。この質問にも僕はいい回答を思い浮かべることが出来ませんでした。彼が実直な人間であろうことは容易に見当がつきました。ジーンズに白いスニーカー、無印良品っぽい紺色のTシャツを着た五分刈りの、がっしりとした体軀《たいく》の彼は、いかにも君にふさわしい伴侶のように思えました。二人で普通に結婚式場で挙式をし、新婚旅行に行き、新居に棲み、やがて子供を作る。君と彼との間はそんなしっかりとした未来図で結ばれていました。きっと彼はビートルズが好きで、『サウンド・オブ・ミユージック』が好きで、犬も大好きなのです。僕は明らかに除《の》け者《もの》でした。僕は頭の中で様々な嘘を考えました。君が僕の部屋を訪ねたのは結婚に際して相談があったからで、僕はイラストレーターをする傍《かたわ》ら、結婚コンサルタントを副業にしている、僕と君との間にはやましい関係は一切ないと応えようとか、それともずっと隠していたけれど、君には腹違いの兄がいて、それが実は僕なのだと応えようとか、いろんな安っぽい嘘が頭の中に浮かんでは消えゆきました。

君はずっと俯《うつむ》いたままでした。「何とかいって下さい」と、じれたように彼が僕にいいます。僕は観念したように「二人は、お似合いですね」と、間《ま》の抜けたことを口走ってしまいました。

「ふざけるな！」

彼がとうとう、堪忍袋《かんにんぶくろ》の緒《お》を切りました。

「すみません」

僕は謝りました。

「違うの……悪いのは、私です……」

君がようやく口を開きました。君はティーカップに入ったもう冷めきった紅茶を、砂糖もミルクも入れずストレートで飲みました。

「自分でも、駄目だ、もう逢ってはいけないと思いながら、この人に逢っていました」

「何時《いつ》から、そういう関係になったんだ」

「二週間程、前です」

今度は、僕がいいました。

「つい、この前じゃないか」

彼は半ば呆《あき》れるように呟《つぶや》きました。

「一体、何があったんだ……」

「僕が無理にデートに誘ったんです。勿論、その時は彼女が結婚を控えているなんてことは知りませんでした」

「私、恐いんです。自分が結婚するのが。本当に上手く家庭というものを作れるのか、不安なんです」

「だから、他の男と結婚直前に逢うのか？」

「私は、貴方が思っているような立派な人間じゃないんです。蒲鉾は食べられないし、愛想笑いしか出来ないし」

「そんなことはない。君のことは僕が一番よく知っている」

「知りません。私はずっと貴方に嘘の自分を見せてきたんです」

「この人になら、本当の自分を見せられるのか？」

「解りません」

「二週間しかつきあっていない人間に、僕は負けるというのか。それなら、君と過ごしてきた長い歳月は何だったんだ」

「感謝しています」

「僕との結婚を取り止《や》めて、この人と一緒になりたいのか」

「解りません」

「君はもう、僕のことを何とも思っていないのか」

「いいえ。とても大切に思っています」

「僕との結婚を、君は望んでいるのか？」

君は沈黙します。

「止めたいのか？」

君は首を横に振ります。そして耳を澄ましても聞こえぬような小さな声でこういいました。

「私のこと、嫌になったでしょ。二人共」

彼は君の肩をしっかりと抱きました。そして僕にこう宣言しました。

「この二週間のことは、なかったことにしましょう。僕も忘れます。貴方も忘れて下さい。

彼女にも忘れさせます。きっと、忘れさせます。彼女は僕と予定通り、式を挙げます。僕は彼女を幸せにします。守っていきます」

僕は彼のその力強い言葉を聞いた途端、自分が大層、無力で非力《ひりき》で中途半端で愚かな存在であることを改めて実感しました。そう、ここで、この場で、嘘でもいいから「僕も彼女を愛しています。共に過ごした日数はまだまだ少ないですが、彼女と共に生きていくつもりでいます」といい返すべきだったのです。しかし僕にはそんな言葉が吐けませんでした。僕は限りなく無様《ぶざま》でした。

ポケットを探りました。ポケットには煙草とライターが入っていました。僕はそれを取り出し、煙草に火をつけました。しかし僕達の座った席はあいにく禁煙席でした。ウェイトレスが「恐れ入りますが、こちらは禁煙席ですので」といいにきます。僕はそんなウェイトレスを睨《にら》みつけ「すぐに出ていくから少しの間、放っておいてくれ」と怒鳴りました。そして彼の方に眼を遣《や》り、嫌《いや》らしい笑顔を作ってこういいました。

「結婚を目前にすると、大抵の女性は気が滅入《めい》ってしまうんですよ。これから先、ちゃんとやっていけるかどうか不安に思ったり、独身としてやり遺したことがあったんじゃないかと思ったりして、情緒が不安定になるんです。僕は彼女のそんなマリッジ・ブルーに上手くつけこんだって訳です。結婚してしまったら、彼女は僕のことなんて忘れてしまいますよ。心配なさらなくても。ご迷惑、おかけしました。ここで失礼します。お騒がせしてすみませんでした」

僕は立ち上がり、二人に軽く礼をすると煙草をくわえたまま店を一人、出ました。意味なく、眼の前の交差点の信号の青ランプが点滅していたので、横断歩道を早足で渡りました。身体の中を虚《うつ》ろな風が通り過ぎていきました。

身体を引き摺《ず》り、僕は部屋まで辿り着きました。ジェーン・バーキンのCDを大音量で流しました。そして僕は曲のメロディをハミングでなぞりながら、キッチンの梁《はり》に首吊り用のロープをかけました。ロープを梁にかける為には足場が必要だったので、仕事用の椅子を用いました。「ようやく死ねる。ようやく死ねる」。僕の頭の中ではその言葉が呪文《じゅもん》のようにリフレインされます。僕はロープの輪に首を通しました。ジェーン・バーキンが『Quoi』を歌っていました。美しい曲だと思いながら、僕は足場である椅子を蹴《け》りました。ロープが首に食い込みます。一瞬の苦痛の後に、僕は白い光を見ました。僕は意識を失いました。——が、次の瞬間、全身に激しい痛みを憶えました。何とも、僕は床に落下してしまったのです。やんぬる哉《かな》、自殺は失敗に終わりました。梁が僕の体重を支えきれず、折れてしまったのです。僕は阿呆《あほう》のように、ずっと折れた梁を見上げていました。

とにかく、そういう訳で僕は生き続けることになってしまいました。一度、自害に失敗すると、緊張の糸がぷっつり切れて、もう一度自害にチャレンジしようという気持ちが不思議と湧《わ》いてこないのでした。朝がきて昼がきて夜がきて、また朝がきて。自殺に失敗した夜から、僕は殆《ほとん》ど外出をしませんでした。ブラインドを閉めきり、部屋を真っ暗にしたまま、ベッドの中で病人のように過ごしました。空腹になれば近くのコンビニエンスストアに行き、カロリーメイトとヨーグルトを買い、それで飢えを凌《しの》ぎました。もしあの時、僕が彼に君と結婚するのは取り止めて欲しいといったならばどうなったのだろうか——諦めろ、諦めろ……僕は自分の身体を抱きかかえながら、そう呟き続けました。数日が過ぎていきました。君の結婚式は済んだのだろうな、今頃は新婚旅行なのだろうかと僕はぼんやり考えました。君は僕との二週間を、きっと忘れることだろう、忘れなければならないと思い、そのように努力することだろう。蒲鉾屋さんの息子はそんな君を優しくいたわっていることだろう。孤独感というよりは、不思議な空虚感に僕は支配されていました。それは僕をずっと冒《おか》し続けていた虚無感とはまた違った種類のものでした。空虚であるが故に、僕は自殺というある種、アクティヴな行動を再び、起こせなかったのかもしれません。重度の鬱病患者は、その鬱故に自殺することさえ面倒で出来ないと何処《どこ》かで聞いたことがあります。

そんな或る日、君と逢えなくなってから半月くらい経った頃でしょうか、僕は何時《いつ》ものようにカロリーメイトとヨーグルトを買いに、マンションを出ました。するとポストに一通のエアメイルが届いているのを発見しました。果たして、それは君からの手紙でした。僕はその場で封を切りました。封を切る手は震えていました。——お元気ですか。あんな別れ方をしてしまったことを、とても残念に思います。私は今、新婚旅行でニュージーランドに来ています。ワイトモ洞窟《どうくつ》を見学したり、マオリ族のショーを観たり、ヨットに乗ってホエール・ウォッチングをしたりしながら、毎日が慌《あわ》ただしく過ぎていきます。今日は真っ白なマウントクックを観ました。雲一つない青空の前に雄大にそびえ立つマウントクックを眺めていると、自分がとても小さなことでクヨクヨしていたことに気付かされました。貴方との二週間が、まるで遥か昔のことのように懐かしく想いだされました。今はまるで貴方との二週間はフィクションだったのではないかとすら、思えます。彼はとても優しくしてくれます。決して貴方とのことを責めたりしません。私はとても彼に感謝しています。この人と結婚してよかったと思います——。

ここまで読んで、僕はもう次の文面を読む気力がすっかり失《う》せてしまいました。君は遥か海の向こうの雄大な景色の中で、新しい人生を確実に歩みだそうとしている。その現実が僕を圧迫しました。この後、手紙に続く言葉は丁寧な左様《さよう》ならの挨拶だろう。そう思うと次の文字を眼で追うのがとても恐くなりました。が、手紙の続きには意外な文章が綴《つづ》られていました。――私はでも、何かある度に、貴方のことを想いだしています。早く、日本に帰って貴方に逢いたい。貴方はあの夜、私は貴方のことをそのうち忘れると彼にいって立ち去りましたが、私は決して貴方を忘れません。自分が結婚してしまったという立場でありながら、こんなことを書くのはとても不謹慎《ふきんしん》だとは思うのですが、私は今、貴方に逢いたくて、逢いたくてたまらないのです。日本に帰ったら、逢って下さいますよね。絶対、逢って下さい。よろしくお願いします。潔《いさぎよ》くなく狡《ずる》いことは充分承知しています。でもそれが私なのです。こんな私に貴方はすぐに愛想を尽かしてしまわれることでしょう。でもそれ迄《まで》の間、貴方にかかった魔法が解けぬうちは、こっそりとですが、逢って欲しいのです。もしかすると、この手紙が貴方の許に着く頃には、もう私は日本に帰っているかもしれません。帰ったら、すぐ電話しますね。愛しています――。

僕は眼を疑いました。君からの手紙は決別の手紙ではなかったのです。君は強い。僕はそう思いました。君はどのような状況でこの手紙をしたためたのでしょう。彼の眼を盗んでよくこんな手紙を書けたものだ。君の思いがけぬ肝《きも》の据《す》わり方に、僕は驚愕《きょうがく》しました。君とまた逢えるのだ。君は僕を忘却の彼方へと追いやったりはしなかったのだ。ポストの前で僕は号泣《ごうきゅう》しました。

泣きながら、コンビニエンスストアへと向かいました。嘘のように食欲が急激に出てきたので、僕はカレーパンと玉子サンドとフライドチキンとヨーグルトを買いました。部屋に戻り、鼻水をすすりながらカレーパンをむしゃむしゃと食べていると、電話が鳴りました。僕はすぐに電話をとりました。受話器からは懐かしい君の声が聞こえてきました。

「昨日の夜、帰ってきました」

「手紙、さっき読みましたよ」

「帰ってきたばかりなので、暫《しばら》くはばたばたするんですけれど、明後日に少しだけ、逢えませんか」

「大丈夫です」

「大好きです」

「僕も同じです」

「よかった。これからもよろしくお願いします」

「こちらこそ」

僕は死なない。これから先、どのように複雑で困難なことが待ち受けていようと、君がいる限り、僕は死なない。僕は受話器を持っていない方の腕を使って、ブラインドを開けました。

眩《まぶ》しい昼の光が部屋中に差し込んできました。

エミリー

emily

何処《どこ》にも存在しなかったのです、家の中にも、学校にも、公園にも、カフェーにも、日向《ひなた》の匂《にお》いのする、庭に鶏《にわとり》が放し飼いにしてあって、朝になればその鶏の産みたての卵が朝ご飯として出てくる、私の顔を見れば何時《いつ》でも優しい笑顔で小さな子供にそうするように頭を撫《な》で、貴方《あなた》はとても素敵《すてき》な娘《こ》よといってくれる小田原《おだわら》に住む親戚《しんせき》の叔母《おば》さんの処《ところ》にも、うらぶれた、小学生相手に五〇円で古いテーブルゲームをやらせているゲームセンターにも、私は居場所を見出《みいだ》すことが出来なかったのです。誰と話すのも、誰といるのも苦痛でした。勿論《もちろん》、一人は淋《さび》しいです。孤独です。けれども、人の速度や習慣に、私は自分を併《あわ》せることが出来ないのでした。ですから、結局、私は一人ぽっちでいることを選択するしかなかったのです。決してお高くとまっている訳ではありません、自己中心的、我儘《わがまま》な性格でもない。地球は自分の為《ため》に廻《まわ》っているだなんて思ったことは一度たりともありません。嗚呼《ああ》、ええそうです、その反対。皆の為に地球は平等に廻っているけれども、私が地面の上に立っていることを意識すると、とたんに地球は微動だにしなくなるのです。私は除《の》け者《もの》でした。つまはじきの仲間外れの他所者《よそもの》の異邦人《いほうじん》でした。でも、それでも仕方がないと諦《あきら》めていたのです。だって私は他者が、それがたとえ両親であろうと、恐いのですから。ありとあらゆる人間が私には恐い。自動ドアを開けると大きな声でいらっしゃいませというコンビニエンスストアの店員さんにも、テレビの向こうで難民問題を憂《うれ》う紳士的なニュースキャスターにも、先生のお手本を眼をくりくりとさせながら眺め、その通りにお遊戯《ゆうぎ》を踊ろうと試みている幼稚園児達にも、私は多かれ少なかれ、怯《おび》えを感じずにはいられないでいたのです。ですから、ずっとずっと、只《ただ》ひたすらに、しゃがみ込んでいたのです、毎日、毎日、あの場所、ラフォーレ原宿の路上に面したエントランスの前の、皆が待ち合わせや休憩に利用する箱庭のよなスペースに。

貴方が初めて私に話し掛けてきたのも、私がそこにしゃがみ込んでいた時でした。表《おもて》参道《さんどう》と明治通りが交差する場所の傍《かたわ》らにそびえ立つファッションビル、ラフォーレ原宿。その入り口の前には少ないながらも椅子《いす》が置かれ、誰もが気軽に座って時を過ごせるようになっています。銀杏《いちょう》なのかポプラなのか、はたまたゴムの樹なのかは知りませんが、大きな樹が一本、椅子と椅子の間に大きく主張するでもなく、当然の如《ごと》く、立っています。路上とラフォーレ原宿の敷地の境界線には、緑色をベースにした葉っぱの形をしたオブジェが幾《いく》つか並べられています。このオブジェは中が空洞なので、ショウウィンドウ代わりにラフォーレ原宿の中に入っているお店の商品をディスプレイすることも出来ます。私はこの葉っぱのオブジェの裏側、つまり車道や歩道に向いた面を表側とするならば、ラフォーレ原宿のエントランスの方向を向いた、丁度《ちょうど》、ディスプレイに使える面に館内のショップのリストが書かれている葉っぱのオブジェの下に、隠れるようにしながら座り込んでいるのです。地面にぺったりと腰を下ろし、膝《ひざ》を抱えて私は何を観《み》るでもなく、そして考えるでもなく、閉店近く迄《まで》、同じ体勢でそこに居続けるのです。そこだけが、唯一《ゆいいつ》、私に居ても咎《とが》めなしと赦《ゆる》された場所だったからです。

どうして私は逃げなかったのでしょう。貴方に声を掛けられた時。どうして、吃《ども》りながらも、貴方の問い掛けに応《こた》えられたのでしょう。それが警察官であろうと、ナンパ目当ての高校生であろうと、きっと道に迷って困惑しているに違いない田舎《いなか》から出てきたお爺《じい》さんであろうと、募金箱を抱えたボーイスカウトの小学生であろうと、私を見付け、コミュニケーションをとろうとアクションを起こした相手が男性というだけで私は、恐怖を憶《おぼ》え、脱兎《だっと》の如く、その場から逃走するのが常だったのに。きっと貴方は特別だったのですね。今も私にとって特別であるように。特別なものは最初から特別で、最後迄ずっと特別なままなのです。

「やぁ」

地べたにしゃがみ込み意味なく、ストラップシューズを履《は》いた自分の足許《あしもと》を凝視《ぎょうし》していた私が声に気付いて視線を上げると、そこには葉っぱのオブジェに片手を突き、私の旋毛《つむじ》を眺めるようにして佇《たたず》む貴方がいました。私は貴方が自分の傍に近寄ってきていたことに、全く気付くことが出来ませんでした。

「何時《いつ》も、ここで一人で座っているよね」

無言のまま身を硬くする私の爆発寸前の心臓の音が聞こえているのか、いないのか、貴方はとても柔らかな笑顔を浮かべ、私の前に、私と同じようにしてしゃがみ込みました。

「誰かと待ち合わせ？　それとも誰かが偶然ここを通りかかるのをずっと待っているの？」

眼を合わせようとする貴方の目線に自分の目線がぶつからないように、顔をあちこちに向けつつ、私は「いいえ」と応える為に、首を大きく横に振りました。

「今日のお洋服、Emily Temple cute だよね。Emily Temple cute の前を通ったら、同じワンピースをボディが着ていたもの。その鞄《かばん》も、靴下も、あ、靴も多分、そうだよね。何時《いつ》も、Emily Temple cute ばかり着ているよね。Emily Temple cute のお洋服、可愛《かわい》いもんね。僕も大好き。女のコだったら、絶対、着るだろうな」

この時、私はようやく貴方の顔を見ました。そして「Emily Temple cute、大好きなんだ」という貴方の問い掛けに「……は、はい」と小さくですが、声を出して返事をしました。光の加減で少し栗色《くりいろ》に見える艶《つや》やかな髪をさらりとショートボブふうにまとめた貴方はとても肌が白く、大きな黒目がちの眼と長い睫毛《まつげ》、華奢《きゃしゃ》な顎《あご》と小さな口、少し高いけれど小振りな鼻の存在とバランスは、そのか細い体躯《たいく》と併せ、お洋服さえレディースのものを着せてしまえば、充分、その辺りを闊歩《かっぽ》する女のコよりも女のコっぽくあるように思われました。綺麗《きれい》だな——私はさっき泣きちんと眼も合わせられなかった貴方の顔を、知らず知らずのうちにまじまじと観察していました。

「何を見てるの？」

貴方にそう訊《たず》ねられ、私は一気に赤面、頭に血が上り、口をぱくぱくとさせてしまいました。で、問いの返答になっていないトンチンカンなことを口走り始めたのです。

「あ、あ、あの、です、これは、です、このく、く、黒い、ワ、ワ、ワンピースは、襟《えり》がセ、セ、セーラーっぽくなっていて、そして、レ、レ、レースで作ってあったので、かわ、かわ、可愛くて、思わず、買ってしまったので、ありました。ウエストの部分は、後ろのリボンで調節がで、で、出来るので、あります」

「吃るのは、子供の頃からなの？」

貴方が少し心配そうな表情をしながら静かに問います。

「い、否《いえ》、き、緊張すると、こうなるので、あります」

「その軍隊口調も、緊張のせい？」

「は、はい。そうであります」

貴方は安心したという微笑《ほほえ》みを浮かべ、「は、はい、そうでありましたか」と私の口調を真似《まね》すると、面白そうに声をあげて笑い始めました。その笑い声につられて、私も吹き出してしまいます。

「ここには毎日、来るの？」

「ええ、殆《ほとん》ど、毎日、です。でも、土曜日と日曜日は、恐ろしく人が多いので、余り来ません」

「毎日、Emily Temple cute を覗《のぞ》くの？」

「いいえ、毎日お店に行っても、お小遣《こづか》いは限られているし、お買い物が出来る訳ではないので、お店には偶《たま》にしか、そう、一週間に一度くらいしか入りません。でも、お店があるということが確認出来るだけで嬉《うれ》しくなって、何だかとても安心するので、お店の前迄は行ってしまいます。丁度、お店の入り口の横のエレベーターがある場所に、ベンチが置かれているんです。そこに座って、お店のショウウィンドウを少しの間、眺めるんです。

そこからだとお店の中にいる店員さんにも、立ち寄っていることが気付かれずに済みますし」

「その後、ラフォーレ原宿を出て、ここにこうしてずっと座り込んでいるんだ」

「はい」

私は何時《いつ》しか吃ることも、軍隊口調で話すこともしなくなっていました。

「今年の一月から、三月まで、ラフォーレは改装でお休みだったよね。その間は、どうしていたの」

「それでも私は、ここに来ていました。ラフォーレの中には入れないのだけれど、ここにしか私の居場所はなかったもので」

「他のショップには行かないの？」

「同じ階にある Jane Marple や、地下にあるロリータ系のセレクトショップも覗くことはありますが、お買い物をすることは先《ま》ずないし、入ってもすぐに出てきてしまいます。基本的に、私、お店って、苦手なんです。接客とかされると、もう、どうしてよいものかと緊張してしまい、いてもたってもいられなくなって、すぐに出てきてしまうんです」

「Emily Temple cute は、大丈夫なの？」

「あのお店だけは例外です。勿論、店員さんとお話をするのは苦手だし、何を話し掛けられてもしどろもどろな応対しか出来ないのですが、それは大した苦痛ではありません。Emily Temple cute のお洋服に逢《あ》えることが、全てを帳消しにしてくれるんです」

「僕は週に一度くらいの割合で、ラフォーレに来るんだ。原宿の絵画教室に毎週、通っているから、そのついでに。僕が行くお店は SUPER LOVERS。SUPER LOVERS には興味ない？」

「うーん。ちょっとスポーティというか、ロックなイメージが強いので、嫌いではないのですけど、私は、どちらかというと、セカンドラインの、LOVERS HOUSE の方が、可愛くって好きです」

「ラフォーレの SUPER LOVERS には、LOVERS HOUSE の商品も置いてあるよ」

「そうなんですか。知りませんでした」

「とりあえず、君は Emily Temple cute、一筋なんだね」

「はい。似合っていないのは自分で、よく解《わか》っているんですけれど」

「え、とても似合っているよ」

Emily Temple cute のお洋服が似合っているといわれたのは、お世辞《せじ》でもとても嬉しかった。試着する時、お店の人はとても大仰《おおぎょう》に「お似合いです。可愛い」といって下さいます。でも似合っていなくても、お店の人はお似合いですといってくれるに決まっているのです。それを鵜呑《うのみ》にする程、私は素直ではありませんでした。嗤《わら》われることはあっても、お店以外で、お洋服を誉《ほ》められることは先ず、ないと断言してよいでしょう。自分でもよく解っているのです、爆発的にプリティな Emily Temple cute のお洋服が、性格の暗い自分にそぐわないお洋服であることを。Emily Temple cute は、天真爛漫《てんしんらんまん》な小柄で、髪の毛を縦ロールにした美少女の為に存在するのです。私が Emily Temple cute のお洋服を着てもいい女のコの条件に当て嵌《は》まるのは、小柄だということくらい。天真爛漫さの欠片《かけら》もなく、縦ロールにする髪の毛の長さもない、というか、ベリーショートといえば聞こえは良いけれど殆ど角刈りに近いボーイッシュ過ぎる髪型の私には、とても不釣り合いなのです、Emily Temple cute のお洋服は。Emily Temple cute のお洋服に出逢ってから、私はお洋服が少しでも似合うようになる為、髪を伸ばそうかと考えました。が、それは難しいことでした。

子供の頃、私は髪の毛をずっと伸ばしていたのです。腰くらい迄《まで》ある長い髪の毛が私の自慢でした。物心ついた時、既《すで》に私の髪の毛は長かったのです。ママが長い髪は女性らしさの象徴よといって、ずっと私の髪を伸ばし続けていたのです。ママは何時《いつ》もお風呂《ふろ》に入れてくれる時、念入りにシャンプーをして、トリートメントをして、低温のドライヤーでじっくり時間をかけて私の髪の毛を乾かしてくれていました。専業主婦であったママにとって、多分、それは一種の道楽だったのです。しかし、私が小学校に上がる頃、ママは友人からお店を手伝って欲しいと頼まれ、働きに出るようになりました。働く主婦になったママは、物理的に家庭に時間を以前よりかけられなくなりました。家事を出来る限り簡《かん》略《りゃく》にすることがママの生活のテーマになり、食卓にはデパートの食料品売り場で買ってきたであろう出来合いのお総菜《そうざい》が並ぶことが多くなりました。洗濯物は太陽の日差しで乾かすのが一番、衣類はそうすることによって繊維を傷《いた》めないし、ふっくらと仕上がる。日光を吸収した衣類を身に付けることは、健康の為にもいい。という持論をママはいとも簡単に捨て去り、仕事を始めて三ヶ月経《た》った後、当然の如く乾燥機を買いました。私にもパパにも、何でも自分一人で出来なくてはならないという旨《むね》の言葉をよく口にするようになりました。そんなものですから、当然、私は「もう赤ちゃんじゃないんだから」という台詞《せりふ》の許《もと》、自分一人でお風呂に入らなければならなくなったのです。一人でお風呂に入って、長い髪の毛を洗い、乾かすのは大変でした。洗い立ての長い髪の毛と悪戦苦闘している私の姿を見て、ママはいいました。「髪の毛、長過ぎるわね。ショートヘアにしなさい」。でも私は髪を切ることを拒《こば》みました。掌《てのひら》を返すように自分の生活に対する哲学を変えてしまったママへのそれは、ささやかな抵抗であったのかもしれません。自分に手間暇《てまひま》を思いきりかけてくれていたママを取り戻したいという気持ちの顕《あらわ》れであったのかもしれません。

とにかく私は、執拗《しつよう》にママが髪を切ることを勧めようとも、従うことをしませんでした。

働くようになって経済的に余裕が出来たせいもあったのだと思います。ママは私をタレントスクールに入れました。別に私をスターにして一儲《ひともう》けしようと企《たくら》んだ訳ではありません。どういう訳か、私は人見知りの激しい子供でした。その性格を改善させなければと、ママは考えたのです。毎週、土曜日と日曜日、私は今も住んでいる八王子《はちおうじ》の駅前にある、名前だけは有名な全国展開しているタレントスクールの児童科に強制的に通わされました。ママとしてはスクールに入れてしまえば、学校のない休みの日、私の面倒をみなくてもいいという思惑《おもわく》もあったのでしょう。スクールでは、様々なことを学ばされました。声楽、バレエ、演技、エトセトラ、エトセトラ。スクールに通う生徒の中には、CMに出たり、舞台で子役を務めたりして、実際に芸能活動をする子供も少なくはありませんでした。映画やテレビドラマなどでエキストラだとしても子役の募集があれば、スクールは積極的にオーディションを受けさせました。オーディションを受けるとなると、スクールはオーディションに必要な書類の作成をし、オーディション会場に付き添うマネージャーと称《しよう》する人を生徒にあてがいます。スクールはそうすることによって、生徒の親から特別にオーディション用の特別経費を受け取ることが出来るのです。スクールにとっては特別経費を細かく受け取ることが大切、ですから、オーディションに合格する見込みがない者も、年齢や性別など応募資格にさえ合致《がっち》していれば、平気でオーディションに連れ出すのです。私も沢山《たくさん》のオーディションを受けさせられました。私は自分が芸能活動をすることに一切興味がありませんでした。ですからどのオーディションもことごとく落ちましたが、そのことを安堵《あんど》することはあっても、悔《くや》しいと思うことなど一度もありませんでした。表情が硬い、表情が乏《とぼ》しいというのが、常にオーディションで落とされる理由でした。オーディションは嫌《いや》でしたし、スクールでの授業も嫌いでした。でも唯一、私はバレエの授業は大好きでした。長い髪をシニョンに纏《まと》め、脚にトゥシューズを履き、バーの付いた硝子《ガラス》張りの壁のレッスン場に入る時、私の胸は高鳴りました。好きこそものの上手なれなので、他の授業では常に劣等生《れっとうせい》のレッテルを貼《は》られていた私ですが、バレエの授業の時だけは誉められました。とはいえ、バレエスクールで本格的にレッスンを受けている訳ではない私は、いくらタレントスクールでバレエの腕前をあげても、踊りの上手さを重視するオーディションがあれば、バレエスクールの生徒に負けてしまうのです。私は気にしませんでした。バレエは好きでしたが、バレエスクールに入って真剣にバレリーナを目指すような向上心もなく、私は只《ただ》、趣味でバレエが踊れていれば良かったのです。

が、小学三年生の春、私は或《あ》る子供向け番組のオーディションに合格してしまったのです。毎週日曜の朝にやっている小学校の低学年から中学年向けの人気番組でした。『歌うくるくるパーマー』というそれは、タイトルが示すように、歌を中心とした少し教育的な内容の番組でした。歌って踊れる司会進行のマキトお兄さんの大袈裟《おおげさ》で軽快なゼスチャーと、お兄さんと一緒になって画面に現れるよく解らない大勢の変な着ぐるみのキャラクター達に子供達は熱狂。男のコ達は着ぐるみのトレーディングカードを集め、女のコ達はぬいぐるみを買い漁《あさ》りました。着ぐるみは何故《なぜ》だか理由は知らねども、全て食べ物がモチーフになっていました。人参《にんじん》の姿をしたくるくるニンジン、らっきょうの姿をしたくるくるラッキョウ、その他にもくるくるタマネギ、くるくるシイタケ、くるくるキムチ、くるくるカマンベールチーズなどのキャラクターが、歌に合わせて器用にブレイクダンスを踊ったり、ラインダンスを踊る姿は、確かに子供を夢中にさせる要素に溢《あふ》れていて、私もその番組は秘《ひそ》かに欠かさず毎週、観ていました。番組にはマキトお兄さんと着ぐるみの他、お兄さんの歌をサポートする為の生身の小学生のコーラス隊とダンサーが出てきます。私はそのダンサーとして採用されたのでした。「踊りは上手《うま》いけれど、愛想《あいそ》がないねー」というTシャツ姿のプロデューサーらしき人の発言の後に、極彩色《ごくさいしき》の恐ろしく趣味の悪いジャケットを肩に羽織ったサングラスに髭《ひげ》の男性が「そういうキャラのコが一人いても、面白いんじゃない」といったことにより、あっさりと私の採用は決まりました。ママは大喜びでした。知り合いに私が『くるくるパーマー』に出ることをいいふらしました。しかし、レギュラーではなく、たった一回の出演です。「お鍋《なべ》が好きな不動産屋さん」という曲に合わせて、私は振付師の人の指示通り、マキトお兄さんの後ろで着ぐるみに挟まれ、数名のやはりオーディションに合格した子供達と共に、踊りました。収録は何の問題もなく終わりました。その日、全ての収録の後、マキトお兄さんはオーディションに受かって共演することになった私達子供と一人ずつ握手をし、今日は有《あ》り難《がと》う、また逢おうねと真っ白な歯を輝かせ、爽《さわ》やかな笑顔でいいました。メイク室でメイクを落として貰《もら》っていると、付き添いで一緒に来ていたタレントスクールのマネージャーが私の横に来て、耳元で囁《ささや》きました。「マキトお兄さんが呼んでるから、おいで。一人だけ、特別に呼ばれているから、皆に気付かれないようにね。もしかしたら、気に入られたのかも。レギュラーが貰えるかもしれないよ」。マキトお兄さんの楽屋を私は訪ねました。お兄さんは畳敷きの個室の楽屋で一人、最後の収録に使ったアメリカ国旗柄《がら》のピカピカ光るツナギを着たまま、胡坐《あぐら》をかいて煙草《タバコ》をふかしていました。マキトお兄さんが煙草を吸っている、それも胡坐をかいて。私は少しショックを受けました。マキトお兄さんは牛乳は一気飲みしてもアルコールはたしなまない、ソフトクリームは食べても煙草は吸わない、そんなパブリックイメージがあったからです。マキトお兄さんは私を手招きし、自分の傍《かたわ》らに座るように指示しました。「踊り、上手だね。どこのスクール？」。私が八王子のスクールの名を告げると、「へぇ、バレエ学校の生徒さんじゃないんだ」と大袈裟に感心しました。その大袈裟さは、パブリックイメージ通りのマキトお兄さんのものでした。「髪の毛、長くて綺麗だね」。マキトお兄さんはそういって、私の頭を撫でました。「長くて綺麗な髪の女のコ、マキトお兄さんは好きだな」。私が何もいわずにいると、マキトお兄さんは笑って「着ぐるみでは、どの着ぐるみが好き？」と質問してきました。私は「くるくるラッキョウとくるくるシイタケ……」と応えました。するとお兄さんはパチンと指を鳴らし、「じゃ、くるくるシイタケを呼んできてあげるよ」といい、「その代わり、眼を瞑《つむ》っていてね」と囁くと私が眼を瞑るのを確認して、楽屋の入り口の方に向かいました。入り口の扉が開く音がして、すぐに閉まる音がして、誰かが近寄ってくる気配がして……。「さ、眼を開けてもいいよ」というマキトお兄さんの声で開眼すると、私の前には素っ裸のマキトお兄さんが立っていました。マキトお兄さんは「ほうら、くるくるシイタケだ」といって、自分の屹立《きつりつ》したペニスを私の顔の前に突き出しました。私は只々《ただただ》、無性《むしょう》に恐くなり、その場から逃れようとしましたが、驚きの余り、腰が抜けてしまったようで、動くことが出来ません。お兄さんは「くるくるシイタケ、好きだろ」といいます。私は首を横に振りました。「よく見てご覧《らん》。これがくるくるシイタケだ」。お兄さんのペニスには亀頭《きとう》の部分にくるくるシイタケの着ぐるみを模《も》して、眼と口が黒いマジックで描かれていました。「くるくるシイタケさんと握手をしよう」。マキトお兄さんは私の右手を無理矢理持ち上げると、くるくるシイタケに擦《こす》り付けました。固く握り締める右の掌《てのひら》をマキトお兄さんは抉《こ》じ開け、そしてくるくるシイタケを持たせようとします。子供のか弱い力で、彼の欲望から逃れることは不可能でした。くるくるシイタケを握らされた私の右手をマキトお兄さんの両手ががっしりとガードします。お兄さんは腕を前後にゆっくりと動かし始めました。「くるくるシイタケ……くるくるシイタケ……」、お兄さんは上《うわ》ずった声でそう繰り返し、やがて言葉にならない荒い喘《あえ》ぎ声を漏《も》らし始めました。お兄さんは手を固定したまま、どんどんと自分の腰を私の顔へと近付けてきます。私の鼻、そして唇にくるくるシイタケが当たりました。

その瞬間、お兄さんは急に小さな悲鳴を洩《も》らしました。悲鳴と共に、くるくるシイタケの頭からは白濁《はくだく》した大量の液体が勢いよく飛び散り、私の顔と髪はその液体でぬるぬるになりました。今まで嗅《か》いだことのない、生臭《なまぐさ》い匂いが辺りに立ちこめました。お兄さんはようやく私の腕を解放しました。そして大きく深呼吸をしました。恐怖と嫌悪は、その刹那《せつな》、私の中で途方もない罪悪感に変わりました。私の眼からは涙が止めどなく溢れてきました。本当は大声で泣きたかった。でも大声で泣くと、自分の身に更なる危険が迫ることを私は本能で察知していました。マキトお兄さんは、楽屋の隅にあったティッシュボックスから、大量のティッシュを抜き取ると、自分のくるくるシイタケを拭《ふ》き、その後で、私の顔と髪にかかった粘り気のある液体を取り除こうとしました。顔に付いた液体はすぐに取り去ることが出来ましたが、しかし髪に絡《から》みついた液体はなかなか拭《ぬぐ》い取ることが出来ませんでした。髪にこびりついた液体を取ろうとしながら、マキトお兄さんは「マキトお兄さんは本当はこんなことをするお兄さんじゃないんだよ。でも、君の髪の毛が余りに長くて綺麗だったから、マキトお兄さんは変になってしまったんだよ。この部屋でくるくるシイタケに逢ったことは誰にもいってはいけないよ。お母さんにもお父さんにも、友達にもいってはいけないよ。もし誰かに喋《しゃべ》ったら、くるくるシイタケはまた君のところにやって来るよ」。

マキトお兄さんとくるくるシイタケの話は、誰にもしませんでした。収録の日の夜、私はママとパパが寝静まったのを確認し、そっと起き、ママのお裁縫箱《さいほうばこ》から大きな鋏《はさみ》を持ち出すと、外に出ました。星が殆《ほとん》ど見えない細く鈍く光る月の出ている空の下、私は自分の髪を根元からばっさりと切りました。思っていたよりも髪の毛というものは容易に切れるものではなく、私は摑《つか》んだ髪の毛を小分けにしながら断《た》っていかねばなりませんでした。足許に長い間、大事にしてきた髪の毛が落ち、風によって舞い散っていきました。鏡も見ず、とにかく長い髪の毛を喪失《そうしつ》することだけを目的に切ったのですから、私の頭はとても無様《ぶざま》になりました。朝、私を起こしに来たママは悲鳴を上げ、その声を聞きつけ、パパがすっ飛んで来ました。どうしたの？という問いには応えませんでしたが、自分でやった

の？という問いにだけは頷《うなず》きました。「ショートにしなさいとはいったけれど、こんなと
ら刈りにしなさいとはいわなかったわよ。これじゃ、学校にも行けないわ。ほら、ところ
どころ、根元から切り過ぎて、ハゲみたいになっているわ」。鏡を見ると、確かに私はと
んでもない髪型になっていました。誰もメンテナンスをしないゴルフ場のような頭。こん
な頭では、男子でさえ恥ずかしくて学校には行けないでしょう。ママは急遽《きゅうきょ》、仕事場に
少し遅刻すると電話を入れ、開店の用意をしているまだ準備中の近所の美容室に私を連れ
ていきました。何とか人前に出られるようにしてやって下さいというママのオーダーに、
美容師さんは「何とかしろといっても、ねぇ」と迷惑そうな眼で私の頭を凝視し続けまし
た。それでも美容師さんは、思いきり不揃《ふぞろ》いだった髪の毛を出来る限り均等にカットし、
ハゲて見える部分は周りの髪の毛で隠すようにセットし、美容室に来る前よりはかなりマ
シな頭にしてくれました。「髪の毛がもう少し伸びてくる迄《まで》、学校をお休みする？」とい
うママの問い掛けに対し、私は首を横に振りました。「でも、タレントスクールにはもう
行かない」。私はそういいました。「スクールで何かあったの？」。私はまた、首を横に振
りました。タレントスクールを辞めることにする旨《むね》をスクールへママに電話で伝えて貰う
と、『くるくるパーマー』からタレントスクールに、私をレギュラーで使いたいというオ
ファーがさっき来たばっかりなんですよ、辞めるのは勿体《もったい》ないですと返されたとママがい

いました。「ね、せっかくだから、もう少しだけ、通ってみたら。滅多《めった》にないチャンスよ」。ママの説得を私は頑《がん》として聞き入れませんでした。ママはとりあえず暫《しばら》くは休学という扱いで……とスクールと話し合い、電話を切りました。

以来、私はずっとベリーショートなのです。ママが買ってくるお洋服も、出来る限り女のコっぽくないものを選んで着るようになりました。スカートは禁止。リボンやフリルもNG。そんな私の変貌《へんぼう》をママは嘆きました。「せっかく女のコに生んであげたのよ。もう少し、女のコらしい格好《かっこう》は出来ないの？　そんなんじゃ、男のコにモテないわよ」。男のコになんてモテたくないのです。マキトお兄さんの一件があってから、私の心と身体《からだ》は世の中の男性、オジサンであろうとお爺さんであろうと、同年代の男のコであろうと、全ての男子の存在を受け付けなくなってしまいました。元々、人と会話したり、共通の事柄で盛り上がるのが苦手なタイプでしたが、そういうレベルの問題ではなく、私は男子が身近にいるということだけで、もう軽いパニックを起こしてしまうのです。今迄《いままで》も同じクラスの男子とは余り話すことはありませんでしたが、髪を切ってから、私は一切のコミュニケーションを断ちました。否《いえ》、断たざるを得なかったのです。無理に話そうとすると、心臓が破裂しそうになり、全身の毛穴から汗が噴き出し、身体が小刻みに震えるのです。パパに対してさえ、男性であるということで私は距離を持つようになりました。今までは平気だったのに、お風呂上がりにパパがバスタオル一枚で家の中を歩き回る姿を目撃するだけで、私は吐き気を催しました。私は今迄以上に周囲から、扱いにくい子供として見られるようになっていきました。女のコは友情の結束を固める為、自分が好きな男子のことを告白し合います。何時《いつ》も皆の輪の中から外れている私を哀《あわ》れに思い、親切でクラスメイトから人望の厚い女のコが、私を皆に馴染《なじ》ませようと、「好きな男子は誰？　絶対に秘密にするから」と訊《き》いてくれましたが、そんな男子がいる筈《はず》もありません。髪を切る前は、ほんのりと憧《あこが》れていたクラスメイトの男子がいなかった訳ではないのです。しかしその男子も、もはや男子であるが故《ゆえ》に恐怖の対象にはなっても好意の対象にはなりませんでした。「いないなら、芸能人でもいいんだよ。好きなアーティストとか、いないの？」。残念ながらその問いにも私は相手の納得する応えを用意することが出来ませんでした。

私は急速に一人きりになり、自分が存在して良い場所を失っていきました。そして小学校を卒業し、中学校に入学したのです。中学校には小学校以上に、自分の身の置き場がありませんでした。何故《なぜ》でしょう、小学生の時はおままごとか夢物語だった恋愛問題が、中学生になるとたんにリアルな問題として日常生活を支配し始めるのです。男子は女子を明らかに欲望に満ちた視線で終日《ひねもす》眺め回し、女子も男子に向けて猥雑《わいざつ》な色香を無闇矢鱈《むやみやたら》に放出します。お化粧は禁止されているからとルージュ代わりにつける女子の必須《ひっす》アイテムである仄《ほの》かに色づく薬用リップの甘ったるい匂いや、野球部なので規則で頭は五分刈り、しかし少しでもお洒落《しゃれ》に見せようとして意味なく大量につける安価な整髪料の匂いが、成長盛りの身体が発する独特の体臭と絡まり合って充満しているのが、中学校の教室。私には自分の通う中学校が、卑猥《ひわい》な妄想《もうそう》と欲情が溜《た》まりに溜まって暴発寸前の空間であるとしか思えませんでした。学校の至る処《ところ》に、マキトお兄さんのくるくるシイタケと同じ類《たぐい》の毒《どく》茸《きのこ》は生えていました。

自分でもよくそんな場所に毎日、義務教育だとはいえ通えるものだと感心してしまいます。登校拒否になってもおかしくはない筈なのです。学校で私は息が出来ません。でも何とか、私が精神のバランスを大きく崩さずに一応、普通の女子中学生として生きていられるのは、Emily Temple cute のお洋服があるからだと思うのです。

Emily Temple cute は、女のコ用の子供服メーカー、Shirley Temple がティーンに向けた新しいラインのブランドです。一九七四年に創設された Shirley Temple は、ヨーロピアンテイストの、「子供が夢見る童話の世界から抜け出してきた妖精《ようせい》達のドレス」をコンセプトに、可愛さとエレガントさを兼ね備えた少しハイソサエティな子供服を一貫して作り上げてきました。サイズとしては身長一〇〇センチから一三〇センチの女のコに合わせていますから、対象年齢は三歳から十歳くらいになります。やがて Shirley Temple は、零歳から三歳迄《まで》の幼児に向けた Shirley Temple for Baby、Shirley Temple の持つクラシカルさをカジュアルにアレンジした Shirley Temple bis を発表、そして Shirley Temple を卒業した女のコの為のEmily Templeというラインを展開するに至ります。Emily Temple はサイズが一四〇センチから一六〇センチ、つまり凡《おおよ》そ十歳から十五歳をターゲットにしたブランドです。子供服のメーカーとして確固たる地位を築いた Shirley Temple は、九九年、Shirley Temple の作り出す世界観とお洋服は大好きだけれども、もう、身体が大きくなって、年齢も対象外になってしまった、しかし、Shirley Temple のお洋服が着たい――というティーンの為に、Emily Temple cute を立ち上げます。Emily Temple のお洋服がテーマとして持つ愛らしさはそのままに、もう子供服ではない、レディの為のローヴとして通用する全く新しいタイプのお洋服を用意したブランド、それが Emily Temple cute でした。一号店はラフォーレ原宿にオープンしました。Emily Temple cute はロリータをこよなく愛する乙女《おとめ》達から熱狂的な支持を受けます。フリル、レースをふんだんに使用したワンピースやカットソー、ストロベリーやチェリー、王冠や『不思議の国のアリス』をモチーフに使ったアイテムは、実に衝撃的でした。Jane Marple や MILK など、ロリータなテイストを守り抜いてきたメゾンが、ロリータ達から敬愛され続けているにも拘《かか》わらず、自らのメゾンをロリータ系とカテゴライズされることから脱却しようとした時期、Emily Temple cute は堂々とロリータなティーンの為のロリータ服を打ち出してきたのです。

中学生である私は、年齢的にも身長的にも、Emily Temple のお洋服で事足ります。身長でいうなら、私は一五〇センチ、充分、Emily Temple のお洋服が着られるのです。しかし私は、勿論、Emily Temple も好きですが、Emily Temple cute に恋をしてしまったのです。中学一年生の夏でした。雑踏《ざっとう》が苦手な私は新宿や渋谷、原宿などに自《みずか》ら出向くことはありませんでしたし、興味もありませんでした。が、或る日、ふと何気《なにげ》なく本屋さんで手にしたファッション雑誌に、Emily Temple cute のお洋服が載《の》っていたのです。一ページを使った広告でした。本屋さんにはよく行けど、ファッション雑誌をめくることなど稀《まれ》でした。何故《なにゆえ》、あの日、その雑誌を手に取ってしまったのか、それは今でもよく解りません。大天使が Emily Temple cute のお洋服に出逢う為に導いてくれたとしか考えようがないくらいです。雑誌の中にいる金髪の縦ロールの碧眼《へきがん》の少女モデルは、白いレースがそこかしこにあしらわれた半袖《はんそで》のパフスリーブのブラウスの上に、淡い水色の胸の下にリボンの付いたサンドレスを着ていました。腰から下のスカート部分は大きく、まるでロココ時代の貴婦人のドレスのように膨《ふく》らんでいます。彼女は赤いギンガムチェックの部屋の中に、まるでお人形のように佇《たたず》み、屈託《くったく》のない笑顔を零《こぼ》していました。足許にはピンク地に赤いドットがあしらわれたハットボックスが数個積まれ、赤いリボンで装飾されていました。ページの下の部分には、モデルさんの着用しているアイテムとその価格、そして赤い書体で Emily Temple cute のロゴがありました。小さな文字で、商品の問い合わせ先の電話番号が入っています。私はしばし穴が開く程そのページに見入った後、雑誌を購入し、すぐさま近くの公衆電話から問い合わせ先に電話を入れました。「この商品は何処《どこ》で買えるのですか。何処にお店があるのですか？」。私はそこで初めて、ラフォーレ原宿に Emily Temple cute のショップがあることを知ったのです。

次の日、私は勇気を振り絞り、原宿へと向かいました。幼少の頃からお年玉やら何やらで貰って貯めていた自分の全財産を通帳から引き出し、八王子駅から中央線で新宿駅へ、そこから山手線《やまのて》に乗り換えて原宿駅へ。八王子は東京の郊外に位置します。閑静《かんせい》な土地だといわれます。が、いいかたを変えれば只《ただ》の僻地《へきち》です。八王子から原宿に出るには、中央特快を使っても約一時間は掛かってしまうのです。一人で原宿に乗り込むのは初めての出来事でした。原宿駅からラフォーレ原宿迄《まで》は近いことは解っていましたが、迷うといけないので、迷っていて、こいつは田舎者だ、騙《だま》して拉致《らち》して外国に売り飛ばしてやれという悪い大人に捕まってはいけないと思い、前夜から原宿駅からラフォーレ原宿に至る迄の道のりを地図を見ながらしっかりと頭にたたき込みました。しかしそれでも不安なので、手《て》帖《ちょう》に地図を写しました。案の定、私は原宿駅に着いてから、ラフォーレに至る道のりが解らなくなりました。駅を出て、表参道《おもてさんどう》を青山方向に真《ま》っ直《す》ぐ行って、神宮前《じんぐうまえ》の交差点を左に曲がる。それだけの単純な道順でしたが、表参道がどの道なのか、はっきりと解らないのです。鞄の中でこっそり（堂々と開けば、悪い大人にさらわれるかもしれないので）と手帖を開いて、写した地図を確認しつつ、ようやくラフォーレ原宿に到着しました。Emily Temple cute は想像していたより小さなお店でした。ショウウィンドウに雑誌に載っていたサンドレスがディスプレイされています。ジーンズに汚いスニーカー、「NATURAL LIFE」と訳の解らない英語が意味なくプリントされている長袖Tシャツ姿というういでたちの私は、ここまでやって来たものの、淡いピンクの壁のドールハウスのような店内に足を踏み入れてよいものかどうかとてつもなく躊躇《ためら》いましたが、中に陳列《ちんれつ》されている素敵過ぎる商品の誘惑に抗《あらが》える訳もなく、半《なか》ばやけくそ、度胸を決めて店内に突入しました。

いらっしゃいませ。——白にパープルのストライプが入った花柄のレースがあしらわれたワンピースを着た、雑誌で見たモデルさんと同じように可愛らしい店員さんの声がします。私は何処《どこ》から何を先《ま》ず見ればいいのか解らず、狭い店内を眺め回しました。王冠プリントのTシャツ、首回りに太いレースが重なったシックだけれどもキュートな黒いワンピース、フロント部分に花柄の型抜きがしてある白いクロスのストラップシューズ……。何もかもが私の胸をきゅんと締め付けました。ずっと、髪を切って以来、自分の中に蠢《うごめ》いていたのだけれども敢《あ》えて蓋《ふた》をして見ないようにしていた可愛いものへの欲望が、一気に噴出するのを私は止められませんでした。「良かったら、ご試着なさって下さいね」という呼び掛けをチャンスだと思い、私はディスプレイしてあったサンドレス、昨日、雑誌で見たサンドレスを指差しました。「あ、あ、あの、あの、表のワンピースみたいなやつ、あれ、着てみたいんですけど、い、いい、ですか……」。「あのサンドレス、人気があって、もう、ディスプレイの一着しか残っていないんですけれど、それでもいいですか？」「はい、いいです」。試着室で試着をし、店内に出てきてレジの横にある大きな鏡に自分を映してみると、全く、雑誌のモデルさんが着ていたイメージと違うことに愕然《がくぜん》とし、私は泣きたい気分になりました。解っていたのです。自分にはこんな可愛いお洋服が似合わないであろうことは。でも、でも、私はこのドレスが着てみたかったのです。

「サイズとか、どうですか？」と店員さんが訊ねてきます。「……似合わない」。私はそう一言いうと、悲しくて悲しくて、堪《こら》え切れず、涙を流してしまいました。「今は、ほら、ドレスの下に普通のTシャツを着ておられるから。一寸《ちょっと》、待って下さいね」。店員さんは慌《あわ》てて白いへちま襟のブラウスと、ストラップシューズ、そしてパニエを持って私の許に戻ってきました。「そのTシャツを脱いで、このブラウスを着て、スカートの下にこのパニエを穿《は》いてみて下さい。パニエを入れると、腰からのラインがぼわっと拡《ひろ》がって、とっても可愛いシルエットになりますから。で、サイズが合うかどうか解りませんけど、試しにこの靴を履いてみて下さい」。私は再度試着室に入り、全身、Emily Temple cute な女のコになって出てきました。「ほら、さっきと違って、スゴく可愛いでしょ。うん、可愛い、可愛い。素敵ですよー」。確かに、鏡に映った私はさっきの私とは全然、違いました。似合っているとは思えません。でも、少なくとも、可笑《おか》しくはありませんでした。店員さんは黒い大きなリボンの付いたストローハットを棚から取り、鏡に向かう私の頭に被《かぶ》せてくれました。「ボーイッシュな髪型が気になるなら、こうやって帽子を被ってみてもいいですし」。「……変、じゃ、ないですか？」「全然」「嗤《わら》われませんか？」「うーん、うちのお洋服は可愛過ぎるから、時にこういうお洋服に理解のない人達は嗤いますけれど……。でも、人の為に着るんじゃなくて、自分の為にお洋服は着るものだから、嗤われても気にする必要はないと思います。二〇歳を過ぎても、三〇歳になっても、うちのお洋服を着ておられる方は沢山、いらっしゃいますよ。皆、もうこんな可愛いお洋服を着ている場合じゃないんだけれどといいながら、でも、買っていかれます。お洋服が似合うか似合わないかは、体形や年齢、容姿で決まるものではないと思います。似合うかどうかは気合い次第です」。

私はそのサンドレスとブラウス、そしてパニエ、ストラップシューズ、靴下を買いました。私にとってそれはかなり高額なお買い物でしたが、私は買わなければならなかったのです。店員さんはロゴの入った赤いギンガムチェックのビニール袋に商品を入れてくれました。ポストカードも数種類、入れてくれました。そして、一万円買うと一つスタンプを捺印《なついん》、スタンプが貯まるとノベルティグッズが貰えるという会員証も作って下さいました。

こうして、私の Emily Temple cute な人生は始まったのです。学校から帰ると、私はすぐに Emily Temple cute のお洋服に着替えます。ママには「少しは女のコらしい格好をしなさいといったけれど、やり過ぎよ。髪をショートにしなさいといえば坊主頭みたいにしちゃうし、女のコっぽくしなさいといったら、漫画に出てくる女のコみたいな格好をしちゃうし、貴方にはほどほどという感覚がないの？」と呆《あき》れられましたが、いいのです、解って貰えなくても。私は自分が本当の自分である為のお洋服を見付け出したのですもの。

毎日、私はラフォーレ原宿へと足を運びました。ここは私が生まれた場所。Emily Temple cute のお洋服を着て、ラフォーレ原宿の前にいる時だけ、私は息をすることが出来る。学校や家にいる時の私は偽物《にせもの》の私。Emily Temple cute のお洋服を着てラフォーレ原宿に今日も行くのだと思うと、学校でどんな嫌なことがあろうと、私は我慢出来るのでした。

「嘘でも嬉しいです。お洋服を誉《ほ》められると」

「嘘じゃないよ。それにお洋服を誉めている訳じゃなくて、そのお洋服が似合っている君を誉めているんだよ」

私はどう返して良いのか解りませんでした。

「学校では、思いきり地味なのにね」

貴方がふと洩らした言葉に、私は思わず眼を見張りました。何故《なぜ》にこの人は学校での私を知っているのか——。

「学校……」

「うん、学校。君、八王子南第六中学の二年生のC組で、バレーボール部所属だろ」

「何でそんなことをご存知なんですか」

「だって、同じ中学に通ってるんだもん。僕は君より一つ、上。三年生」

同じ学校の先輩にあたる人だったとは……。しかし同じ中学に通っているとはいえ、学年の違う貴方が私を知っているのは不可解《ふかかい》なことでした。私がそういうと貴方は「だって、君。学校で地味だけれど、有名じゃん」と当然の如く応えます。

「有名？」

「本名は知らないけれど、渾名《あだな》はエミリー。二年のバレー部にいる苛《いじ》められっ子といえば、皆、知っているよ」

私は逃げ出したくなりました。貴方は私が学校で毎日、非道《ひど》い苛めにあっていることを知っていたのです。私の苛められている学校での姿を、Emily Temple cute のお洋服を着ている私を誉めてくれたこの人は目撃しているのだ。それを思うと、羞恥《しゅうち》の余り、私は車道に飛び出し、車に撥《は》ねられたい衝動に駆《か》られました。

「お願いがあります……」

私はやっとのことで口を開くことが出来ました。

「私がここに毎日、こうして、Emily Temple cute のお洋服を着て座っていることを、誰にも話さないで下さい」

「勿論、話さないよ」

貴方はいともあっさり、当然といった口調でそういいました。

「話したくても、話す相手がいない。僕も君と同じような境遇だからね」

「貴方も苛められているのですか？」

「苛められてはいない。苛められないよう、僕は学校にいる時には気配《けはい》を消しているんだ。苛めは受けていないけれど、皆、誰も僕には近付こうとしない。僕は存在するけれど存在しないことにされた、無視され続ける生徒なんだ」

「何故《なぜ》、無視されるんですか」

「うーん。君は学校での出来事や噂《うわさ》にはとても疎《うと》いんだね」

「はい。お友達がいないもので」

「存在しないことになっている僕は、ある意味で君と同じように有名人なんだ。あることをきっかけに僕は有名になってしまった」

「あること？」

「詳しいことは今度、話すよ。少し長い話になるからね。せっかくだからもっと話していたいけれど、絵画教室の授業に遅刻しちゃう。また、ここで君を見かけたら、話し掛けてもいいかな？」

私はこっくりと頷きました。

「二人だけのルールを作ろう。お互い、学校では必要とされず、疎んじられている存在。二人が仲良くしていると解ると、きっといいように思う人間はいない。ありもしない噂がたって、君はそれが原因で今迄《いままで》以上に苛《いじ》められるだろう。僕も今より皆から好奇《こうき》の眼で見られることになる。だから、学校では、擦《す》れ違ったり、姿を認めても、お互い、無視し合おう。それが一番、安全だ」

悲しいけれど、貴方の提案に私は賛同せざるを得ませんでした。貴方は「それじゃ、また」といって、立ち上がり、雑踏の中に消えていきましたね。私は暫《しばら》く、まだその場所にしゃがみ込んでいました。不思議なざわめきを胸の中に感じつつ……。

貴方と逢った次の日から、私は挨拶《あいさつ》はおろか目配《めくば》せさえしてはならぬと思いつつも、学校で、廊下を歩いている時、教室の窓から体育の時間、校庭で何処《どこ》かのクラスが体操をしている時、その中に貴方の姿がないかを自然と探すようになっていました。貴方と逢ってから二日目、私はお昼休み、偶然、図書室から出てくる貴方の姿を目撃しました。貴方は一人、そして私も一人、周りには誰もいませんでした。きっと貴方も私の姿を認めた筈《はず》です。しかし貴方も、私も、まるで誰も視界に入っていない様子で、擦れ違いました。

私が苛められ始めたのは、二年生の一学期からです。それ迄にも、誰とも交わりを持たない私は、微妙な苛めらしきものを受けることは偶《たま》にありましたが、それは苛めと呼ぶには大袈裟なものでした。が二年生になったとたん、私は明らかな苛めの対象となってしまったのです。

きっかけは一冊の雑誌でした。毎日のように Emily Temple cute のお洋服に身を包み、ラフォーレ原宿の前にしゃがみ込んでいると、様々な人から声を掛けられます。どんな相手であろうと男性なら声を掛けられる前に即刻《そっこく》逃げる、女性なら話し掛けられても決して返事をしないというのが、私のやり方でした。実際、いろいろな事情でいろいろな人種の人が近付いてきます。どうみても怪しい自称、タレント&モデル事務所のスカウトマン、手相を勉強しているので無料で手相を見たいという、明らかに新興宗教の勧誘を目的とした人、テレビ番組のロケで街頭アンケートを取っている見たこともないお笑い芸人。中でも一番多いのは、ファッション誌のフォトグラファーでした。彼らは毎日のように街角に立ち、ストリートを闊歩《かっぽ》する個性的なスタイルの女のコ(偶には男のコ)を見付けては声を掛け、スナップ写真を撮り、それを雑誌に掲載します。私も嫌というくらい、写真を撮らせて欲しいと様々な雑誌名を持ち出すフォトグラファーに遭遇《そうぐう》しました。が、私は絶対にOKといいませんでした。どんな頼まれ方をしようが、嫌なものは嫌。私が亀《かめ》のように何を訊かれても、返事をせず、踞《うずくま》っていると、大抵のフォトグラファーは諦めて私の前から立ち去ります。が、一度だけ、私は写真を撮られることを承諾《しょうだく》してしまったのです。

その日の私は、梯子《はしご》の形をした白いレースがスクエアネックに付いた黒いベロアのカットソーの上に、大きなチェリーがアップリケのように付けられたピンク色のカーディガンを羽織っていました。ボトムはパニエを仕込んだ白い小さなテリア犬が沢山プリントされた、黒地の膝丈のスカート。それに黒い王冠模様のオーバーニーのソックスと、ピンク色をしたトゥシューズ型の靴を併《あわ》せていました。頭には黒い花柄のヘアーバンド、手には王冠のキーホルダーが付いたファー素材のピンク色をしたバッグ、首からは大きな王冠がフロントにぶら下がった紐《ひも》の部分にイミテーションのパールが連なっている似非《えせ》ゴージャスなチョーカーを掛けていました。無論《むろん》、全ては Emily Temple cute で購入したものです。まだ写真家として生業《なりわい》を立て始めてから年数の浅そうな、よく使い込まれた黒いキャップを被った黒縁眼鏡の化粧っ気のないジーンズにトレーナー姿の女性フォトグラファーは、ラフォーレ原宿の前を行ったり来たりしながら、頑張《がんば》ってお洒落をしています系の女のコに声を掛け、写真を撮らせて貰おうとしていました。が、まだ仕事に不慣れなのか、彼女はなかなか写真を撮ることを被写体に承諾して貰えぬ様子でした。最初、彼女は私にも写真を撮らせて欲しいといい、その写真が掲載される雑誌の名前を告げました。その雑誌は私が初めて、Emily Temple cute の存在を知った広告が載っていた雑誌で、以来、私はその雑誌を Emily Temple cute の商品さえ載っていれば、買っていました。だからその雑誌は私にとって、とても馴染《なじ》みが深い雑誌だったのです。しかし、そんな雑誌だからといえども、写真撮影はお断りです。私は何時《いつ》もそうするように黙り込み、彼女の相手をしませんでした。彼女は諦めて、新しいターゲットを探しに出掛けました。が、数時間してまたもや、私の許に戻ってきたのです。「思っているようなファッション、求めているようなファッションをしている女のコが、皆、写真を撮らせてくれないの。何人かの写真は撮ったけれど、これでは編集の人に怒られちゃう。お願いです。貴方の写真が撮れれば、パーフェクトなんです」。懇願《こんがん》するフォトグラファーにそれでも私は、何もいいませんでした。写真を撮られるのは目立ちたいコだけでいい、ファッションで誰かに向けて自己主張したいコだけでいい、私が Emily Temple cute のお洋服を着るのは何かを主張したいからではないのです。自分の為だけに私は Emily Temple cute のお洋服を着ている。私は見せ物になりたくはありませんでした。彼女はまたもや玉砕《ぎょくさい》し、私から去っていきました。が、暫《しばら》くして、まさしく再三の懇願をしに私の前に立ったのです。「お願いします。写真、撮らせて下さい。一生のお願いです。写真を始めて、これが初めて貰ったお仕事なんです。もしいい写真が撮れなかったら、もう、私は写真家としてやっていけないかもしれないんです」。彼女は可哀想《かわいそう》なくらい必死でした。そしてポケットから千円札を数枚出して、私の前に差し出しました。「本当はストリートスナップを撮る際、モデル料は出さないんです。でも、もし撮らせて下さるなら、自腹でギャラを支払わせて頂きます。ですから、なんとか……」。情にほだされた訳ではありませんが（勿論、お金に眼が眩《くら》んだ訳でも決してありません）、私は撮影されることを承知しました。ラフォーレ原宿を背にして私は木偶《でく》の坊《ぼう》のよにカメラに向かって突っ立ちました。フォトグラファーはポーズも笑顔も要求せず、角度を変えながらひたすらに写真を撮り続けました。写真を撮り終えると、彼女は鞄の中からボードに挟まったアンケート用紙とペンを取り出しました。「ええと、今日着ているお洋服のブランドを教えて貰えますか?」。私は全て、Emily Temple cute であることを伝えました。「歳《とし》は?」「十四」「え、中学生?」「はい」「今日のファッションのテーマは?」「別にありません」「うーん、じゃ、今日のお洒落のポイントは?」「それも特に……」「好きなブランドは?」「Emily Temple cute」「それじゃ、掲載誌を送るので、住所とか、名前とか、書いて貰えますか」。私は掲載誌はいらないので、書かないといいました。「じゃ、名前だけでも」。私が名前を教えることも拒否すると、フォトグラファーは、「本名でなくていいから。ニックネームでいいから、教えて下さい。でないと、編集の人に怒られるんです」といいました。「他に撮らせて貰ったコ達も、殆《ほとん》どニックネームだし……」。お友達のいない私には、誰もニックネームを付けてくれません。しかし本名は嫌。私は「適当《てきとう》に付けて下さい」と彼女にいいました。彼女は暫く考えて、「それじゃ、全身 Emily Temple cute だから、エミリーでいいかな」と提案してきました。私は素《そ》っ気無《けな》く頷きました。「あの、写真、出来るだけ、小さく扱って下さいね」「それは編集者の判断になるから」「じゃ、あの、ほら、少年Aみたく、眼のところに黒い線を入れて貰えないですか?」「それは無理です、ご免《めん》なさい。だって、法律を犯している訳じゃないし」「でも未成年ですよ、私」「未成年でも犯罪者じゃないと、目線は無理」。私は新米《しんまい》の彼女が新米故《ゆえ》の失敗で、雑誌に掲載出来ぬピンボケ写真を撮っていることを願うしかありませんでした。

とはいえ、少しは嬉しかったのです。Emily Temple cute を着た自分をカメラに収めたいというファッション誌のフォトグラファーがいたことは。その雑誌はロリータ系のメゾンのお洋服を紹介することが多い雑誌で、私の学校でその雑誌を読んでいる人は皆無《かいむ》に等しい筈《はず》でした。が、雑誌が発売された途端《とたん》、誰が見付けたのか、私が雑誌に載ったことはクラス中に知れ渡ってしまいました。

「こいつ、何時《いつ》も地味で陰気な癖《くせ》に、外ではこんな派手で変な格好してるんだぜ」

男子も貶《けな》しましたが、もっぱら敵意を顕《あらわ》にして激しく罵倒《ばとう》するのは女子達でした。

「何、この格好。思いきりロリータじゃん。馬鹿《ばか》みたい。最悪」

「見て、自分のこと、こいつ、エミリーって名乗ってやがんの」

「何様のつもり？」

「いい気になってるよね」

以来、私は皆から嘲笑《ちょうしょう》の意味を込め、エミリーと呼ばれるようになりました。制服の背中に何時の間にか「私をエミリーと呼んで下さい」という紙を貼られたり、体育の時間に着替えようとすると、体操着にマジックで大きく「エミリー」と書かれていることもありました。休み時間に席を外すと、鞄の中にぎっしりとゴミ箱に入っていたであろうゴミが詰まっていたり、授業中、後ろから消しゴムや鉛筆が頭を目掛けて飛んでくるなんてことは些細《ささい》な苛《いじ》めの可愛らしいプロローグに過ぎず、苛めは日を追う毎《ごと》に非道《ひど》く、陰湿《いんしつ》になっていき、それに参加する者達もねずみ講《こう》のように増えていきました。

苛めはクラスだけに留《とど》まりませんでした。私は中学校に入学してすぐにバレーボール部に入部しました。そこでも私が雑誌に載ったことをきっかけに苛めが始まったのです。何故《なぜ》に私がバレーボール部に入ったかというと、これには深い、否《いや》、浅い、間抜《まぬ》けな事情があるのです。私の中学校では、全員が何らかのクラブに入部しなければなりませんでした。体育系でもいいし文化系でもいい。とにかく何処《どこ》かの部に所属することが義務付けられていました。皆は友達と相談し合ったりしながらクラブを選んでいきます。しかし私は相談出来る相手もおらず、自分の考えだけでクラブを選ばねばなりませんでした。どんなクラブがあるのかということは、最初のホームルームの時間に、担任の先生から配られたクラブ案内という一枚の紙切れによって知ることが可能でした。その紙切れは男子用と女子用があり、私は女子用を受け取りました。紙切れには単に、バスケットボール部、水泳部、手芸部などとクラブの名前が羅列《られつ》してあるだけでした。紙切れの上には自分の名前を記入する欄があり、先生は次のホームルームの時に、自分の入るクラブを決め、その紙に記載されたクラブ名を一つだけ囲んで提出しなさいといいました。私は困りました。どのクラブにも入りたくなかったからです。しかし何処かに入らねばならない。体育系だけは嫌でした。が、体育系と文化系のクラブ名が並ぶ中に、私はバレエ部があることを発見しました。バレエなら好きだ。私はバレエ部と書かれた文字に丸をつけました。その紙を提出し終えたら、自動的に入部届が各部に出されます。入部届が受理されると、クラブ活動に入らねばなりません。初めてのクラブの時間になり、私達新入生はクラブの部室のある場所を担任の先生からそれぞれ教えられ、そこに向かいます。私もバレエ部の部室に赴《おもむ》きました。が、私の教えられた部室は、バレエ部の部室ではなく女子バレーボール部の部室でした。先生が教え間違ったのだと思い、職員室にいる筈の先生を訪ねました。「あの、部室、間違えて教えられたみたいなのですが……」。先生はきょとんとして「貴方、バレーだったわよね」といいます。私は「あの、バレーじゃなくて、バレエです。つまりバレーボールではなくて、バレエ、踊りのバレエ」と訴えると、先生は「うちの学校に踊りのバレエ部なんてないわよ」と応えます。「だって、あのクラブ案内にはバレエ部と書いてありました。バレーボールなら、エではなくて、ィ、もしくは棒線表記《ぼうせんひょうき》ですよね」。私の主張は先生にとって不快なものであったようです。先生は突《つ》っ慳貪《けんどん》にこういいました。「エであろうが、ィであろうが、バレーはバレーボールに決まっているし、それしかないんです。貴方が勝手に勘違《かんちが》いしたんでしょ。紛《まぎ》らわしいと思ったら、何故、最初に先生に訊ねなかったの。貴方のミスです。——とにかく、貴方はバレーボール部に入部届が出されたのですから、バレーボールをするしかありません。他のクラブに移りたいということであれば、半年後、クラブを変更する機会がありますから、それまで我慢しなさい」。このようにして、私は女子バレーボール部に入部させられてしまったのです。体育は昔から大の苦手、そしてその中でも球技と団体競技が特に不得意な私にとって、バレーボール部への入部は拷問《ごうもん》に近いものがありました。しかしもう泣き喚《わめ》いたところで、私はバレーボール部なのです。仕方なくバレーボール部の部室に戻ると、顧問《こもん》の先生が挨拶をしているところでした。「新入部員の皆さん、ようこそ。我がバレー部はこれまで都大会でも数々の勝利を獲得してきました。この学校の中でも花形のクラブであるといえます。しかしそれ故に練習も、他の部より厳しいということを肝《きも》に銘《めい》じて下さい。練習をサボる、ハードな練習内容に付いてこられないという人には、容赦《ようしゃ》なく愛の鞭《むち》を、顧問である私、そして先輩が与えます。いいですね」。はい！という威勢のいい返事が部室に響き渡りました。新入部員は私を除いて、皆、やる気満々のようです。勘違いして（否《いえ》、決してこれは勘違いではないのですけれど）入部した戯《たわ》け者《もの》は私だけのようでした。見渡すと、どの一年生も身長が比較的高い者ばかりです。一五〇センチ台は私、一人でした。部長と呼ばれる先輩が私を指差していいます。

「貴方、本当に大丈夫？ 身体は細いし、背は低いし。今までバレーはやったことあるの？ ないでしょ。漫画やドラマでバレーに憧れて入ってきたのなら、今すぐ他の部に移った方が身の為よ」。移りたいです、今すぐにでも。しかし半年経たなければクラブは変更出来ないという決まりがあるではないですか。「ま、成長期だからね。一年経ったら、二〇センチも身長が伸びてるってことは、ザラにあるから、練習さえ人一倍頑張れば背も伸びるし、レギュラーにもなれるわよ」。

果たして、バレーボール部の練習は、本当に厳しいものでした。授業が終われば即、部室に集合。一年生はコートの状態を整え、上級生が来るのを待たねばなりません。練習に入れば、基礎体力作りと称《しょう》し、腕立て伏せ、腹筋などのメニューを鬼のような数こなし、そこからコートに出されます。コートに出るといっても、やることは球拾い。コートの周りに散らばって、コート内で練習する先輩達を囲みながら「先輩、ファイトー！」と延々《えんえん》と叫び続けなければならないのです。クラブの終了は午後五時。先輩達は練習が終わるとお喋りをしながら制服に着替えますが、一年生はその間、コートの後片付けをし、球を拭き、部室の清掃をしなければ着替えることを赦《ゆる》されません。私は何をやらせても駄目《だめ》でした。腕立て伏せは三ヶ月経っても、十回以上出来ず、腹筋に至っては二回が最高記録でした。最初は寛大だった先輩達も、余りの私の向上しない駄目さ加減に呆れ、次第に怒り始めます。怒られるのは嫌なので、私は私なりに最大限、必死にやったのです。でも出来ないものは出来ない。先輩の中には練習中、わざとコートの外で待機する私の顔面に向かって強烈なスパイクをしてくる人もいました。「先輩、ファイトー！」という声が小さいといって、私だけ、屋上に上らされ、そこから校庭に向かって一人で延々、「先輩、ファイトー！」と叫ばされることもありました。「努力しても駄目な奴《やつ》は駄目だ。早く辞めてしまえ」と皆からいわれました。私もそうするつもりでした。が、いざ、半年経って、クラブを変更することが出来る機会が来ると、「ここで本当に辞めるのか、意気地《いくじ》無し」「辞めるのは勝手だけれどな、辞めたからといって自由になれると思うなよ。文化系の部に入っても、バレー部のシゴキは続くと思え」と脅迫紛《きょうはくまが》いのことをいわれます。結局、私はバレーボール部を続けるしかありませんでした。

何かにつけ、そのようにして目の敵《かたき》にされていた私です。クラブ活動の後、原宿に出てロリータな格好をしていると部の先輩や同級生が知ったら、どうなることでしょう。はい、そうですね、シゴキと称した苛《いじ》めは過激になるに決まっています。個人練習という名の許に、両手を縛《しば》られ、コートの中央に立たされ、あらゆる角度から飛んでくる皆のスパイクを身体で受けることもありました。先輩のスパイク、同級生のスパイク、そして先輩に命じられた下級生のスパイクを私は、手で防御することなく受け止めました。ボールから逃れる方法はありませんでした。一箇所から一人が打ってくるなら逃れようもありますが、大人数があらゆる場所にボールを打ってくるのです。必ずどの球かが私を直撃します。身体に当たったら一点、顔面なら五点、当たったことで私が倒れたら十点と、そのうちこのスパイク攻撃は皆の遊戯《ゆうぎ》と化していきました。

クラスでも苛《いじ》められている、クラブでも苛められているとなると、学校中の誰もが私が苛められっ子であることを知るようになります。校舎の一階の廊下の傍を歩いていると、二階から「エミリー!」という声と共に、頭上に唾《つば》が落ちてくることもありました。クラスメイトでもなく、バレーボール部の部員でもなく、私が何故《なぜ》に苛めの対象になっているのかをよく知らない者達までもが、私の姿を認めると何かしらの悪戯《いたずら》をしてきました。後輩には苛めてもいい先輩がいるということが非常に面白かったようです。彼らは日頃、先輩達から虐《しいた》げられているフラストレーションを私に転嫁《てんか》してぶつけてきました。下校しようとすると下駄箱《げたばこ》の鍵《かぎ》が壊されていて、履き替える靴が盗まれていて、上履きのまま、帰宅することは日常茶飯事、朝、登校すると、教室に自分の机と椅子がないこともありました。自分の席が本来あるべき場所にどうしたものかと佇《たたず》んでいると、クラスで私を苛めることを一番の愉《たの》しみにしている、私苛めのリーダー的存在である一人の女子が、「エミリーは今日から、バックネットの裏で勉強することになりました」といいました。私は彼女を振り返らず、校庭の一番奥にある野球部用のバックネット迄《まで》歩いていきました。バックネットの裏には、果たして、私の机と椅子が置かれていて、机の上には犬のものなのか猫のものなのか、まぁ、とりあえずは人間のものではない糞《ふん》が添えられていました。私はハンケチでその糞を包んで捨て去ると、机と椅子を引き摺《ず》って教室に戻らねばなりませんでした。バックネットの裏から教室のある校舎迄は、かなりの距離があります。非力《ひりき》な私は何度も休みながら、長い時間をかけて机と椅子を校舎の下まで運びました。それだけでも大変な労力を要したのに、次は教室へそれらを持って上がらねばなりません。私の教室は三階にありました。階段を、何度も足を滑らせ、あわや転倒、机と椅子ごと、転げ落ちそうになりながら、私は一人で机と椅子を教室へと戻しました。バックネットの裏迄、机と椅子を運んだのは一人の仕業《しわざ》ではありますまい。しかし数名が関与していたとして、それはかなりの労力を必要とした筈《はず》です。おまけに動物の糞まで用意して……。そこまでして苛めという行為に何故、執着出来るのかが私には解りませんでした。もし、私のことが憎いのであれば、私が何か悪事を働き、それの復讐《ふくしゆう》の為にこのような行為をするというのであれば、納得もいきます。怒りや憎悪の感情は人に莫大《ばくだい》なパワーを与えるものですから。しかし少なくとも私に対しては誰も、嫌悪の情を抱いたり、生理的にうざったかったり、軽蔑《けいべつ》したりこそすれ、憎悪の念を抱いてはいない筈です。彼らがどうすれば苛めを止《や》めるのかが、ですから私には皆目見当《かいもく》がつきませんでした。

私の学校生活は、以上のような苛めによってかなり愉しくなく、困難なものでした。が、私は世を儚《はかな》んだり、学校や学校の生徒に対して暗い情念を滾《たぎ》らせたり、自殺を考えたりすることはありませんでした。熱心なクリスチャンはたとえこの世でどんな理不尽《りふじん》な人生を与えられようと、死後、天国があることを信じていて、自分が天寿《てんじゅ》を全《まっと》うすれば、苦しみのない神の世界で安らかに暮らせると確信しているからこそ、世界に対し、恨み言《うらごと》をいわないのです。私も似たようなものでした。学校でどんなに辛《つら》いことがあろうと、家に帰って Emily Temple cute のお洋服に着替えて、ラフォーレ原宿に行けば、全ては満たされる。写真を撮ったあのフォトグラファーや私の写真を掲載した雑誌に文句をいう気持ちも湧《わ》きませんでした。否《いえ》、そういうと私はとてもポジティブで心根《こころね》の良い子のように思われます。それは誤解。無論、苛めに遭《あ》っている時、私は苛めている相手やそれを黙認している人々に対して、腸《はらわた》を煮《に》えくり返らせ、どうしてこの者達に罰を与えようかと考えるのです。実際にどうすれば私が味わった苦痛以上の苦痛を与えることが出来るのかということに始終《しじゅう》、頭を働かせるのです。が、Emily Temple cute のお洋服を着てしまうと、そんな想《おも》いは見事に消し飛んでしまうのです。決して Emily Temple cute のお洋服に私は逃避《とうひ》をしている訳ではありません。もしそれが逃避ならば、私は何て痛ましく哀れな人間でしょう。私は現実逃避の為に Emily Temple cute のお洋服を用《もち》いません。そんなことに使用するのは、Emily Temple cute のお洋服に対して失礼だからです。

貴方と初めて出逢ってから一週間が経ちました。貴方は週に一度、ラフォーレ原宿を覗くといっていたので、一週間は貴方と話す機会は持てないのだろうなと思いつつも、私はもしかしたら……という淡い期待を抱き、貴方が来るのを毎日、待っていました。丁度、一週間が過ぎて、貴方はやって来ました。SUPER LOVERS の、バックにドクロのマークとロゴがピンクで入った少し作業服テイストなグレイの半袖シャツに細くて丈の短い赤いチェックのネクタイを締め、黒いスウェット素材のズボンを穿いた貴方は、前回にも増してチャーミングでした。

「ご無沙汰《ぶさた》」

貴方は柔和《にゅうわ》な笑顔を見せました。私は貴方のどちらかというとおっとりとしたその笑顔を見ると、何故《なぜ》か心が休まることを発見しました。

「一度だけ、学校でお見かけしました」

「あ、図書室から出てくる時ね」

「やっぱり、貴方も気付いていたんですね」

「勿論さ。でも、お互い見知らぬ者同士にしておこうという約束をしたからね」

「今日も、絵画教室なんですか」

「うん」

貴方は肩に掛けていた大きな、やはり SUPER LOVERS のドクロとロゴが入った黒い布製の鞄を、手で叩《たた》きました。

「この中にスケッチブックやら、コンテやら色鉛筆やらが、入っている」

「SUPER LOVERS しか、着ないんですか？」

「うん、そうだね。全部が SUPER LOVERS のものって訳でもないけれど、多いよね」

「好きなんですね」

「好き……というかね……」

貴方は含羞《はにか》んだような、困ったような表情をして言葉を濁しました。

「前に逢った時、僕も君と同じような存在だっていっただろ」

「ええ」

「僕が何故《なぜ》、SUPER LOVERS を着ているかを正確に語ろうとするなら、僕が学校の中で何故無視される人間になったかを説明する必要がある」

「あ、あの、話したくなければ、話して下さらなくてもいいんです」

「否《いや》、話すよ。というか、君には打ち明けたいな」

「何故、私に？」

「何故だろう。君なら正確に理解してくれるだろうと思ったから、かな。同病相哀《あいあわ》れむという意味ではなく」

貴方は一つ、大きく息を吸い込むと「僕、デザ工《こう》なんだ」といいました。「デザ工……」と私は呟《つぶや》きました。

「あ、苛《いじ》められっ子の君でも、デザ工は馬鹿《ばか》にするんだ」

「否《いえ》、そういう訳ではなくて……」

「いいよ。デザ工は皆が思っている通り、オタクの巣窟《そうくつ》ともいえるクラブなんだから」

学校のクラブの中に、文化系の部で、デザイン工芸部という部があります。通称、デザ工。この部に所属する者は、漫画やアニメ、特撮が大好きなオタク達ばかり。彼らはクラスに一人か二人は必ずいて、休み時間になると何時《いつ》も、他のクラスにいる同じ部の者達とつるみ、一般生徒には解らないマニアックな話ばかりを人目を憚《はばか》りながら、しかし愉しそうに、そして何処《どこ》か、お前達に俺達の趣味が解ってたまるかという妙なプライドを漂《ただよ》わせながら、お喋りをしているのです。デザ工は疎外《そがい》された者達の集まりの場であり、デザ工に所属することは、皆から差別を受けることを意味していました。しかし彼らは私のように非道い苛めに遭遇することは余りありませんでした。多分、一人一人、個人で点在していたのなら、苛めの対象になったのでしょう。しかし彼らはデザエというコミューンを形成していました。苛められっ子としての性質を持ちあわせていても、常に徒党《ととう》を組んでいれば苛められずに済んでしまうのです。学校のよしなし事《ごと》に就《つ》いて、殆《ほとん》ど知識と情報を持ち合わせていない私も、デザエがそのような部でありオタクの集団であることは知っていました。

「皆が思っているように、デザエはオタクの集まりだよ。皆、漫画の同人誌を作ったり、ゲームのキャラの話を延々としたりして過ごしている。独特の専門用語を駆使《くし》しながら、自分がどれだけマニアックな情報を知っているのかを競い合って、悦《よろこ》んでいる。彼らに漫画ばかり読んでないで、偶《たま》には小説でも読んでみろよなんて忠告すると、大変さ。何もこの人は解ってないなーという軽蔑した顔つきになってこう返される。——漫画、漫画って馬鹿にするけれど、文学以上にクオリティの高い漫画だって沢山存在するんですよ。否《いや》、今や漫画の方が文学に勝っているとさえいえる。手塚治虫《てづかおさむ》の『火の鳥』にはどんな文学作品よりも壮大で深遠《しんえん》な哲学とメッセージが込められている。ちばてつやの『あしたのジョー』を人生のバイブルにしている人達の数は数えきれない。これらの作品は、漫画というジャンルでは語ることが出来ないでしょう。芸術といっても過言ではないんじゃないですか。例えば作家の吉本ばななは大島弓子の漫画に影響を受けたと公言しているし、山岸凉子の『日出処《ひいづるところ》の天子《てんし》』を読めば、聖徳太子とその時代のことに就いて、どんな歴史小説家や研究者が書いたものよりも深く理解出来る。漫画をきちんと読んだことのない人に、漫画ばかり読んで……なんていわれたくないですね」

オタク独特の言い回しを真似て話す貴方の様子に、私は笑いを堪《こら》え切れませんでした。

「ま、僕以外のデザ工に所属する連中は、そんな感じで似たり寄ったりさ。僕だって、はっきりいって、彼らのことは苦手だよ」

「じゃ、何故、デザ工部に？」

「一年の時に、クラブを選択しなければならないよね。僕は美術部に行きたかったんだ。で、先生にそういったら、うちの学校に美術部はないという。美術がやりたいのなら、デザイン工芸部という部があるから、そこに入りなさい。絵画や工芸やデザインや、いわゆる美術的なことをやりたい生徒の為にあるクラブだから。——その言葉を信じて入部したら、絵画をやりたい者なんて一人もいなくて、工芸をやりたい人間も一人もいなくて、只《ただ》のオタクなサークルだったたって訳」

「私がバレーボール部に入部したいきさつと、少しだけ、似ていますね」

私は自分がバレエ部だと思い、バレーボール部に入ってしまったなりゆきを貴方に掻《か》い摘《つま》んで話しました。貴方はそれを聞いてゲラゲラと笑いました。

「悲惨《ひさん》だなー。僕より、悲惨だよ、それ。僕は一応、騙《だま》されたけれど、デザ工で皆と交わらず、クラブの時間は自分のやりたい絵画をやっているもの。部室は一応、美術室が使えるから、イーゼルやデッサン用のトルソーも、揃っているしね。皆がオタク話に明け暮れている中、一人で黙々と作業が出来る。他の部員は僕のことを訝《いぶか》しく思っているようだけれど、僕の作業の邪魔《じゃま》はしてこない」

「クラブでも絵を描いて、週に一度、原宿の絵画教室にも行っているんですね。画家になりたい？」

「そこまでは考えていないけれど、絵を描くのが好きなんだ。デザ工では誰も技術的なことを教えてくれないから、本格的にもっと勉強がしたいのなら、絵画教室に行くしかないんだ」

「どんな絵を描くんですか？」

「今、一番好きな画家はボッシュ」

「ご免《めん》なさい、その人、知りません」

「余り知られていない画家なんだ。レオナルド・ダ・ヴィンチとほぼ同時期に生きて、活動した人なんだけれど、ダ・ヴィンチの知名度と比べれば、ボッシュなんて無名人に近い。緻密《ちみつ》で不思議で幻想的な宗教画を描く人なんだけれどね、美術史からは殆《ほとん》ど忘れられていた画家なんだ。ボッシュが脚光を浴び始めたのは、十九世紀の末くらい。そして二〇世紀、美術の世界にシュルレアリスムという運動が出て来始めた頃、その代表的な画家であるサルバドル・ダリ達が、自分達の幻想絵画の先駆者《せんくしゃ》として、ボッシュの名前を挙げ始めたんだ。ブリューゲルの絵に近いといえるかもしれないし、ゴヤの感覚に近いといえるかもしれないけれど、うーん、独特だよ」

「ブリューゲルとゴヤなら、知ってます。どちらも、割りと好きです。知っているといったって、美術の教科書に載っている絵くらいしか知りませんけれど」

「ブリューゲルもゴヤも、美術の教科書には載ってないんじゃないかな？」

「そうでしたか？」

「少なくとも、うちの中学の美術の教科書には載っていない」

「じゃ、小学校の教科書」

「余計《よけい》、載ってないよ、両方。二人共、名前はある程度知られているけれど、難解な作品を描く画家達だからね」

「じゃ、何故、私は知っているのかしらん。まぁ、いいです。で、貴方はそれじゃ、幻想絵画みたいな絵を描くのですか？」

「否《いや》、幻想絵画は好きだけど、自分では描こうとは思わない。今はね、まだこういう絵を描ける、こういう絵を描こうという段階じゃないんだ。とにかく今は、自分がこんな画風の絵が描きたいと思った時に、その絵が描ける為の技術を習得《しゅうとく》したいんだ。だから毎日、デッサンに明け暮れている」

「でも、トルソーばかり描いている訳じゃないでしょ」

「それはそうだけどね……」

「観てみたいです。貴方がどんな絵を描くのかが」

貴方は頭を掻きながら、黒い袋を開け、スケッチブックを出しました。数ページをペラペラと捲《めく》った後、私に見せてくれたのは、疾走《しっそう》している短髪の精悍《せいかん》なランナーの上半身を描いたスケッチでした。その絵には水彩で色が付けてありました。

「お気に入りの一枚」

「何だか、上手くはいい表せないけれど、とても丁寧《ていねい》に貴方がこの絵を描き上げたことが伝わってきます」

「うん。スケッチだから時間はそんなに掛かってはいないけれど、丁寧に、真剣に、大切に、描いたよ」

「誰、なんですか、この絵のモデルの人？」

「先輩」

「デザ工の？」

「まさか」

スケッチブックの絵を眺めながら、貴方はゆっくりと何か懐かしいものを思い出すように語り始めました。

「男子陸上部にいた人なんだ。今年の春、卒業しちゃったけれど。短距離が得意で、陸上部の中でもエース級の人だった。僕が先輩のことを知ったのは、僕が二年生の頃。校庭で放課後、練習している陸上部を何の気なしに眺めていたら、一人だけ、やけに気になる人がいたんだ。皆と何かが違う。何が違うのかはすぐに解った。皆は、陸上部で揃えたジャージにTシャツなんだけれど、先輩だけは、SUPER LOVERS のジャージに SUPER LOVERS のTシャツを着ていたんだ。シンプルなデザインのものだけれどね。この人、何なんだろうと思ったよ。体育会系の人が、SUPER LOVERS を着ている、その存在を知っているということだけで、興味が沸いちゃったんだ。以来、僕はずっと先輩を眼で追うようになった。クラブの時だけでなく、先輩は普段もさり気なく SUPER LOVERS のものを愛用していた。鞄に付けているキーホルダーやペンケースも SUPER LOVERS のものだった。僕は SUPER LOVERS のことは知っていたけれど、自分で買いたいと思う程には興味がなかったんだ。でも先輩を追い掛けると同時に、SUPER LOVERS 自体にも興味が出始めてきた。——それから、こっそりとね、僕は先輩の姿をスケッチし始めたんだ。でも、こっそりと覗き見しながらでは、上手くディテールが描けない。もっと近くで先輩の走る姿を見て、描きたい。或る日、僕は怒られるだろう、もしくは気味悪がられるだろうと解っていながらも、先輩に話し掛けたんだ」

貴方はそこで一息つき、眼を閉じました。

「練習が終わった後、僕は先輩の姿を描き溜めたスケッチブックを抱えて、先輩の許に走っていった。初めまして、デザイン工芸部の者なんですが……。僕は自己紹介をした。デザ工？と先輩は見下したような表情で僕の方を向いた。デザ工が、何の用だ？　俺、アニメには興味、ないぞ。僕は自分はデザ工に属しているけれど、絵画を勉強している。先輩の走っている姿が描きたくて、こっそり描いてきたけれど、堂々と練習を間近で見て、描きたくなった。どうかモデルになって下さいと頼んだんだ。必死だったよ」

「それで……」

「先輩は、デザ工が描くんじゃ、漫画みたいに描かれちゃうんだろといいながら、僕のスケッチブックを開いてくれた。スケッチブックを観終えた先輩は僕にそれを返して、デザ工の癖に、上手いじゃないかといってくれた。で、何で俺を描きたくなったの？と訊ねてきた。僕は正直にいった。皆が陸上部のジャージを着ている中、先輩だけが SUPER

LOVERS のジャージを着ていて、カッコいいなと思ったのが、興味を持ち始めたきっかけですと」

貴方はスケッチブックを閉じて、胸にそれを抱えました。

「先輩は豪快《ごうかい》に笑ったよ。お前、SUPER LOVERS、好きなのかって。嬉しいな、SUPER LOVERS のカッコ良さが解る奴が同じ中学にいたなんて。陸上部の連中はさ、それ、何処のメーカー？　アディダスやアシックスじゃないよね、安物買っちゃ、カッコ悪いよ、なんていうんだぜ。皆、SUPER LOVERS のこと、知らないの。よし、俺で良ければ、お前のモデルになってやる。何時《いつ》でも練習を観に来いよ。特等席で観せてやる。他の部員にもお前のことはちゃんといっておいてやるから、ビクビクすることはないぞ。あ、でも、頼まれても俺以外の奴を描くなよ。お前は俺だけを描いていればいいんだ。で、いい絵を描いてコンクールとかで、入賞しろ。——万歳《ばんざい》だった。当たって砕けろで頼んでみて良かった。それ以来、僕は先輩の練習姿を眼の前にして絵を描くことが出来るようになったんだ。他の陸上部の部員が、僕のことをデザ工の癖に……といったら、先輩はとても怒った。こいつは只《ただ》のデザ工じゃないんだぞって」

貴方の話を聞きながら、私は無性《むしょう》に貴方が羨《うらや》ましくなりました。中学校での先輩後輩の関係なんて面倒臭いだけだと思っていた私にとって、貴方とその先輩のような出逢いは想像出来ぬものでした。

「先輩は放課後、僕をよく遊びに連れていってくれるようになった。二人がよく連れ立って来たのが、このラフォーレ原宿。SUPER LOVERS で僕達はお洋服を見たり、買ったりした。先輩は気に入ったものが見付かると、よく、お揃いで買おうぜ、といって僕に色違いのアイテムを買わせた。だから一緒にラフォーレに来る時、示し合わせてはいないけれど、偶然、ペアルックになっちゃうこともあった。そんな時、先輩は店員さんに、俺達、ホモ達《だち》、なんて冗談をいっていた」

そういうと貴方はさっき迄《まで》の懐かしい表情を急にこわばらせ、淋しそうな眼をして地面を見詰めました。

「全ては上手くいっていたんだ。おかしくなり始めたのは、三学期が始まってからだった。或る日、先輩は僕に相談してきたんだ。二年の女子から手紙を貰った。いわゆるそれはラブレターという代物《しろもの》で、顔も知らない相手だったから、とりあえず逢うことにした。俺が想像していたより、可愛かった。性格もよさそうだった。向こうはずっと俺のことを知っていたらしい。で、先輩はもう暫《しば》くしたら卒業だから、思い切って告白してみたんだという。つきあって欲しいといわれた。——な、こういう場合、どうすればいいと思う。確かに彼女は可愛いし、俺のタイプではある。しかし、俺は彼女のことをまだ何も知らない。

俺には今、彼女がいない。だからといって、よく知らない相手と、可愛かったからという理由だけでつきあってしまっていいものだろうか。それは相手に対して悪いんじゃないか。

――僕は先輩に、よく解りませんと応えた。でも、その時、僕は気付いたんだ。僕もその彼女同様、先輩のことが好きだってことに。自分の先輩への感情が恋愛感情だなんてことはそれ迄解らなかった。自分が、ホモセクシャルだってことに、初めて気付かされたんだ。今迄、好意を寄せる女のコはいた。だから自分はノーマルなんだと思っていた。でも、皆、他の男子がいうように、あのコとキスがしたいとか、あのコの裸が見たいとか、そんなことを感じたことはなかった。自分は遅咲《おそざ》き、そのうちそういう感情が芽生《めば》えるようになるんだろうなと考えていたんだ。だけれども、違ったんだ。僕はホモだったんだ。僕はその彼女に先輩を獲《と》られたくないと思った」

貴方は握り拳《こぶし》を作り、それを何処《どこ》にやることも出来ず、自分の胸の前で持て余していました。私は貴方に今、何をしてあげれば有効なのかを考えつけず、只、歯を食い縛って貴方の握り拳を眺めていました。

「でも、自分はホモセクシャルなんかじゃない、そんな訳はない、自分にとって先輩はとても大切な存在だから、それを恋愛と勘違いしてしまっているだけだと思おうとした。というか、そうであることを願った。僕は自分の性癖《せいへき》を確かめなくてはならなかった。中学生だから、エッチな雑誌なんかはおおっぴらには買いにくい。とはいえ、中学生であると解っていながらも、黙認《もくにん》してそんな雑誌を売ってくれる書店もあるんだ。皆、そんな情報には目敏《めざと》いからね。話に参加しなくても、そんな本屋さんが何処にあるのかは、自然に耳に入ってくる。僕は一人でそんな本屋さんに行って、女の人のヌードが載っている雑誌を沢山、買い込んだ。ソフトな美少女ものから、熟女もの、ＳＭものまで、いろんな種類のものを買って、一人、部屋にこもって閲覧《えつらん》してみた。でも、何も感じなかった。ムラムラと欲情することは全くなかった。それよりも、豊満なバストや卑猥《ひわい》にくねらせて曲線美を作る女性的なポーズに、僕は軽い嫌悪を感じた。唯一、僕が欲情したのは、男女が絡み合っている写真だった。でもそれは女性に絡まる男性の身体を見て欲情していることが、すぐに僕には解った。筋肉質な腹筋を持った浅黒い男性が黒いブリーフを穿いている。ブリーフは中の大きくなったもので盛り上がり、その盛り上がった部分に真っ赤なルージュをひいた女性の唇があてがわれている。僕はその写真を見て、自分の股間《こかん》をいじり始めた。そうさ、僕はブリーフの中身を想像して、興奮していたんだ。想像はやがて、写真の男性から先輩へと入れ替わる。僕は先輩の顔、そして身体を思い浮かべながら、股間を擦《こす》り続けた。僕のものは熱を帯び、僕は先輩、先輩と喘《あえ》ぎながら、射精をしてしまった。初めてのマスターベーション。——ご免、女のコにこんな話をするもんじゃないよね」

貴方は私にすまなさそうに頭を下げました。私は大丈夫、という意味を込めて首を横に振りました。そして何の慰《なぐさ》めにもならぬステレオタイプな言葉を発してしまいました。

「いいじゃ、ないですか。ホモセクシャルでも。それに、芸術家にはホモセクシャルな人が多いのでしょ。だから……」

「レオナルド・ダ・ヴィンチ、ミケランジェロ、チャイコフスキー、オスカー・ワイルド、ヴェルレーヌ、ランボー、マルセル・プルースト、アンドレ・ジイド、サマセット・モームにジャン・コクトー、アンディ・ウォーホル、キース・ヘリング……。数え上げればきりがないよ。ホモセクシャルだった芸術家は。だからといって、全ての芸術家がホモセクシャルである訳ではなく、ホモセクシャルであることが芸術家の特権ですらない。いいんだ。最初は当惑《とうわく》した、何とか否定したかったし、自分を疑い、呪《のろ》った。でもね、すぐにそんな気持ちは収まった。僕は、誇りには思っていないけれど、自分がホモセクシャルであることを恥ずかしいことだとも、悪いことだとも思ってはいない。そういうふうに生まれてきてしまったのだから、これは仕方がないことなんだ」

「その通りです。もし貴方のことをホモセクシャルであるというだけで、馬鹿《ばか》にしたり、正当に認めない人がいれば、私はその人を殴りにいきます。素手《すで》では余り痛くないだろうから、金槌《かなづち》で、殴ります」

「自分の性癖がはっきりして、逆に僕はすっきりした。そんな時、先輩は告白してきた彼女とつきあうことにしようと思うと僕に打ち明けてきた。僕は駄目ですといった。何故《なぜ》——と先輩は訊ねる。僕はいった。僕も先輩が、否《いや》、その彼女より、僕の方が先輩のことを十倍も、百倍も好きだから……と」

「先輩は——」

「最初、先輩は意味がよく呑《の》み込めない様子だった。俺もお前のことは好きだぜ。でもお前は男だし、俺も男だしなー。お前がいくら可愛い後輩でも、ホモ達になる訳にもいかず。そういう先輩に、僕は自分がホモセクシャルであることを打ち明けた。そして恋愛対象として先輩を想っていることを告げた。事情を理解した先輩は、激怒し始めた。真っ青な顔でぶるぶると震えていた。そして僕を思いきり、殴り倒した。吹っ飛んだ僕に向かって先輩はいった。よくも今迄俺を騙していたな、このホモ野郎。いい後輩面《づら》しやがって。気持ち悪い。変態。最低だよ、お前は。やっぱりデザ工はデザ工なんだな。否《いや》、デザ工の中でもお前は一番、最悪だ。二度と俺の前に顔を見せるなよ。陸上部にも近付くな。少しでも俺の周りに近寄ったら、マジでぶっ殺すからな。唾《つば》を吐いて、先輩は僕の許から去っていった」

「そんなの……」

「そんなの、ううん、仕方ないんだ。ホモセクシャルを気持ち悪いと思う先輩の感性は、いたってノーマルなんだ。先輩に悪気はないよ。先輩に告白してしまった僕が思慮《しりょ》不足だったんだ。告白して、俺もお前に恋をしていたんだよなんて返される、そんなムシのいい現実がある訳なんてなかったんだ。次の日、学校に行ったら、クラスの皆が僕を遠巻きにして、まるで黴菌《ばいきん》を持ったドブ鼠《ねずみ》のように見詰めているのが解った。自分の席に着くと、誰かがホモは帰れ、学校に来るな、と叫んだ。先輩が僕がホモセクシャルであることを、皆にいい触《ふ》らしたんだ。先輩にとって、ホモセクシャルであることは罪悪であり、人に非《あら》ずだったんだ。皆が僕を避けた。先生でさえもが僕を避けた。担任の先生に僕は親を連れて来るようにといわれた。保健室で、担任と、教頭先生と、保健の先生に囲まれ、僕と僕の母親は座らされた。学校中に君が同性愛者だという噂が広まっているが、実際のところはどうなのかね。回りくどいいい回しをしながら、先生達はそれを僕に問い質《ただ》した。僕は自分の性癖を正直に、そしてシンプルに告白した。わざわざ人にいうようなことではない。しかし否定するようなやましいことではない。僕は精神科の鑑定を強制的に受けさせられた。精神科の先生は、不安定な思春期の時期には、自分の性欲の在《あ》り方《かた》がよく理解出来ず、姿形の異なる異性よりも同性に安心感を憶える余り、自分を同性愛者であると誤解するケースがよくあります。ですから、今、彼を同性愛者であると結論付けるのは早計《そうけい》でしょうと僕の母親にいった。母親はそれでかなり安堵《あんど》した様子だった。くだらない、全てがくだらなかった。以来、僕の家ではテレビで相撲《すもう》やプロレスが中継されていると、チャンネルを替えられてしまう。男子の裸体は僕にとって眼の毒だと思われているらしい。――僕が学校で無視され続ける存在であるといった理由が、これで解ったかな」

「はい。でもそれじゃ、貴方にとってラフォーレ原宿の SUPER LOVERS は、思い出したくない場所なんじゃないですか」

「そこが、めめしいよね。三学期が終了し、先輩は卒業していった。僕は三年生になり、学校に残った。もう先輩には逢えない、そっと顔を見ることも、気配を感じることも出来ない。でもね、僕はまだ、先輩のことが好きなんだ。非道《ひど》いことをされたのに、何故《なぜ》、まだ好きでいられるのと、君は驚くかもしれない。しかし、これは理屈じゃないんだ。僕は今でも先輩が好きなんだ。叶《かな》わぬ恋であることは承知している。でも、だからといって、気持ちを鎮火《ちんか》させてしまえる程、僕は器用じゃない。やがては先輩のことを忘れる日が来るのかもしれない。でも、今はまだ、好きなんだ。だから僕は、今も先輩と一緒に来たラフォーレ原宿の SUPER LOVERS を訪れる。先輩はもう、ここを、僕との嫌な思い出が詰まったここを訪れることはないだろうことを知っているにも拘《かか》わらず」

貴方はちらりと時計を見ました。

「話が長くなったね」

「絵画教室の時間……」

「もう、思いきり遅刻だよ。いいや、今日はサボタージュ。何か、今からデッサンをやる気にはなれないよ」

ラフォーレ原宿の閉店時間、八時が少し過ぎていました。私はもう帰宅しなければならない旨《むね》を貴方に告げました。クラブ活動が終わるのが五時、そこから早足で家に帰って、着替えをして、八王子駅迄《まで》出て、ラフォーレ原宿に到着するのは、早くて六時半でした。それから私は閉店迄の一時間半をここで過ごすのです。家に着くのは九時過ぎ。ママがお仕事を終えて家に戻ってくるのが十時前。門限は七時と決まっていますから、私はママが帰宅する迄に家に戻り、用意してある夕食を掻《か》き込み、いかにも七時には帰っていましたという顔をしていなければなりません。

「じゃ、一緒に帰ろうか。どうせ僕も八王子駅迄、帰らなければならないし、同じ電車だ」

原宿駅から山手線で新宿駅へ、そこから本来なら中央特快に乗らなければならないのですが、私はこの日、中央特快に乗るのが嫌で、普通の中央線の電車に乗りたいと、貴方にいいました。そうすれば電車に乗って過ごす時間が少し長くなるからです。

「ママの方が先に家に帰って来ることはない？」

「多分、大丈夫です」

といいながら、それは危険な賭《か》けでした。もしかすると私が帰ると、もうママは家に居るかもしれない。でもそうすればバレーボール部のミーティングがあったとか、適当な嘘《うそ》をつこう。私はそう決めていました。

電車の中で、私は何故《なぜ》、自分がエミリーと呼ばれ、皆から苛《いじ》められるようになったのかを貴方に話しました。そして、誰にも話したことがなかったマキトお兄さんとくるくるシイタケのことも。貴方には話しておかねばならぬ気がしたのです。

「精神科の先生なんかにいわせれば、君は男性恐怖症ということになるんだろうね」

「そうですね」

「だから、最初、話し掛けた時、君はとても緊張していたんだ」

「はい。でも、貴方は大丈夫なんです。緊張と恐怖は、ほんの一瞬で、なくなってしまいました」

「何故だろう。やっぱり、僕が普通の男子とは違って、ホモセクシャルだからなのかな」

私には解りませんでした。貴方が女性に性欲を抱かない人であることを本能的に察知して、私は貴方を受け入れたのでしょうか。否《いや》、そうではない。そうではない方がいい。どうしてそうではない方がいいのかは、上手く説明することが出来ないけれど。だから私は「違うと、思います」と応えました。

八王子駅で私達は別れました。駅からお互いの家への帰路《きろ》は途中迄一緒だったのですが、誰か同じ学校の生徒に二人でいるところを見られない方がいいという貴方の配慮からでした。私は見られても平気でした。そのことで私が、今迄以上に苛められようが構わない。でも、貴方に迷惑が掛かることを私は恐れ、貴方の提案に従いました。貴方は皆から無視され、遠巻きに見られるという学校生活を送っている。ともすれば貴方は私のように、否《いや》、私以上に苛められてしまうでしょう。貴方は自分の気配を極力消し去ることで、自分は苛めの対象にならぬように配慮しているのだといいました。気配を消すというのがどういうことなのか、気配というものはどうすれば消せるものなのか、また学校では非常に地味である筈《はず》の私には気配があるのか、解らないことは沢山ありましたが、それを貴方に問うことを私はしませんでした。

貴方は絵画教室のある日だけラフォーレ原宿に来る筈なのに、絵画教室のない日も、ラフォーレ原宿前を訪れるようになりました。私達は一緒にラフォーレ原宿の中を探索することもありました。一緒に Emily Temple cute にも行きました。SUPER LOVERS にも行きました。貴方のお誕生日に、私は Emily Temple cute で、お揃いの王冠が付いたネックレスをプレゼントしました。「ネックレスなら、シャツの下に付けておけるから、恥ずかしくないですよね、ずっと付けておくね」といってくれました。

お風呂に入る時以外は、ずっと付けておくね」といってくれました。

或る時、ふとした会話の中で、学校の昼食時間は何処《どこ》で過ごしているのかという話になりました。教室で昼食を摂《と》れば、何か悪戯《いたずら》をされるに決まっています。私は何時《いつ》も、ママから週の最初に、お小遣《こづか》いと共に一週間分の昼食代を渡されます。その昼食代で私は学校に行く前、近所のパン屋さんでパンを買います。出来るだけ、安いパンしか私は買いません。昼食代を節約すれば、塵《ちり》も積もって、Emily Temple cute の靴下くらいは買えるからです。安全に昼食を摂れる場所を探して、私は一時期、学校中を放浪しました。バレーボール部の部室では部員達が集まって昼食を摂っている、屋上は不良な人達が煙草を吸いながら昼食を摂っている、音楽室や美術室など人がいないであろう部屋には鍵が掛かっている。結局私は、校舎の裏の隅《すみ》にある用務員小屋の近くの焼却炉《しょうきゃくろ》の後ろに昼食を摂る場所を見付けました。焼却炉の近くには、掃除の時間の後くらいしか、誰も近寄りません。でも、もし誰かがふらりと通り掛かると面倒なので、万全を期して、私は焼却炉の裏側に回り込みました。少し煙臭くて、ほんのりゴミの匂いもしましたが、学校の中で最もここが人に見付からない場所です。昼食を終えれば、五時限目迄は少し長い休憩時間です。五時限目のベルが鳴る迄、私はここに座り込んでいました。

貴方は図書室で昼食を摂るのだといいました。図書室は昼休みにも開いているし、図書委員が一人、ローテイションで本の貸し出しを受け付けたり、図書室が荒らされない為にやって来るけれど、どの図書委員も全くやる気がなく、専用の椅子に座って大抵は漫画を読んでいる。だから図書室で昼食を摂っていても文句をいう図書委員はいない。成程《なるほど》、図書室かと私は感心しましたが、それよりも貴方が私の焼却炉の裏側という場所を選んだことに感心をしました。

「昼休みの図書室には殆《ほとん》ど誰も来ないけれど、時々、本を読みにやってくる真面目《まじめ》な生徒もいるんだ。だから昼食の為のパーフェクトな場所とはいえない。いいね、焼却炉の裏。絶対、誰にも見付からないね。僕も、その場所でお昼を過ごしてもいいかな」。私達はそれから、二人で焼却炉の裏側で昼食を済ませ、休み時間が終わる迄、話に興じるようになりました。焼却炉の裏側には高いフェンスが張り巡らされています。フェンスの向こう側は、学校の敷地外。私の通う学校は小高い丘の上に建っていました。フェンスの向こうは崖《がけ》。崖からは立ち並ぶ新興住宅地の屋根が連なる風景が俯瞰《ふかん》出来ました。貴方は時々、昼食の後、持ってきたスケッチブックを開け、フェンスの向こうの風景をスケッチしました。貴方はボッシュの他、ヤン・ファン・アイクなど好きな画家とその作品の話をしながら。

どうも中世の画家に心惹《ひ》かれる様子でした。貴方の口から出る画家の名前は殆ど知らなかったけれど、私は貴方が熱心に美術に就いて語るのを聞くのがとても好きでした。温厚《おんこう》な表情で、温厚な口調で、それでも熱く語る貴方の美術論を聞くのが好きでした。

そうして日々は過ぎ、三学期を迎えることになりました。貴方は美術部のちゃんとある、あるだけではなく美術部にしっかりとした顧問がいる私立の高校に進学を決めていました。三学期最初の五時限目と六時限目の間の休み時間、私はお手洗いに向かいました。用を足し終え、扉を開こうとすると、扉が開きません。壊れたのかしらんと思い、扉のノブをガチャガチャといじっていた私は、扉が開かないのは人為《じんい》的な理由に拠《よ》ることをすぐに悟《さと》りました。誰かが扉の向こうでドアが開かないようにノブを固定しているのです。またもや苛《いじ》めだ——と思った刹那《せつな》、頭上から大量の水が降ってきました。多分、バケツに水をなみなみと入れ、それを被《かぶ》せたのです。水は合計で五回、降ってきました。全身、水浸し。六時限目のベルが鳴る迄、扉は開きませんでした。制服は水で重くなり、下着も身体もずぶ濡《ぬ》れです。制服の上着の裾《すそ》やスカートを絞ってみると、大量の水が滴《したた》り落ちました。ようやく開放された扉を押して外に出ると、そこにはもう誰もいませんでした。私はとりあえず、お手洗いから廊下へと足を踏み出します。強い北風が私の全身を襲いました。濡れ鼠《ねずみ》な私にとってこれほどに辛い風はありません。身体の芯《しん》から私は震えました。ガタガタガタガタと、私は教室に向かうことも忘れ、寒さに耐えかね、踞《うずくま》りました。その時、丁度、私の眼の前を貴方が通り過ぎました。きっととてもみっともない姿だったでしょう。私は実際に苛められ、見事に悲惨な体験をしている自分の状況を、貴方にはっきりと目撃されたことが恥ずかしくて、情けなくて、もう、死んでしまいたい気持ちになりました。初めてです、苛められて、死んでしまいたいだなんて思ったのは。貴方は私に声を掛けることもなく、一瞬たりとも立ち止まらず、その場を去っていきました。私は教室に戻りました。授業は始まっていました。先生が私の尋常《じんじよう》ではない姿を見て、どうしたのかと問い質《ただ》します。私はその言葉を無視し、鞄の中に持ってきたものを全て素早くしまい込むと、教室を出ようとしました。「エミリー、エスケープかよ！」「先生、エミリーが授業をボイコットします！」「不良！　不良！」「いきがってんじゃねえよ」。あらゆる罵声《ばせい》と嘲笑《ちようしよう》の言葉を背にしながら、私は廊下に出ると、そのまま学校を後にしました。初めての授業放棄、それも苛めによる――をこの日、私は果たしてしまいました。

家に帰って制服も下着も脱ぎ、長い時間を掛けてシャワーを浴び、私は身体を暖めました。Emily Temple cute のお洋服を着て、すぐさまラフォーレ原宿に行こうとしましたが、Emily Temple cute のお洋服を前にして、私は今日はこのお洋服が着られないと思いました。今の、この逃げ帰った精神状態の私は、Emily Temple cute のお洋服を着るに相応《ふさわ》しくない。涙は出ませんでした。悔《くや》しさが涙を押し止《とど》めました。シャワーを浴びる時に外した王冠のネックレスだけを首に掛けました。パジャマに着替え、自分の部屋に入り、カーテンを閉めて、灯《あかり》を消して、ベッドに潜《もぐ》り込みました。シーツにくるまりながら私は呪文《じゅもん》のようにこう唱えました。「私は弱くない。私は弱くない。私は弱くない……」。眠りに就《つ》く迄《まで》、何度この言葉を繰り返したでしょう。もし明日の朝になっても悔しさや惨《みじ》めさが、今日のままだったら、教室に灯油《とうゆ》を撒《ま》いて、私を苛めた人達の頭に灯油をぶっ掛けて、火をつけよう。絶対に。絶対に。そうしなければ、私は負ける。その決意を固めると、急に睡魔《すいま》は訪れました。

次の日、私は灯油の入ったポリタンクとライターを持ち、颯爽《さっそう》と学校に向かいました。——というのは嘘です。私は普通に学校に向かいました。怨念《おんねん》や屈辱《くつじょく》がすっかりと消え去ったといえば嘘になりますが、私は自分を取り戻すことが出来ました。何時《いつ》ものように自分の席に座り、何時ものように授業を受けました。誰も、先生さえも、昨日の私のエスケープに就いて何もいいだしませんでした。お昼休みになり、私は通常通り、焼却炉の裏に行きます。すると、先に貴方が来ていました。

「昨日は、大変な思いをしたね」

「はい」

「冷たかっただろ」

「ええ、もう、風が吹いた途端、凍ってしまうかと思いました」

「否《いや》、その冷たさじゃなくて、素通りした僕のこと、冷たい人間だって思っただろ」

「いいえ。そんなことはないです。それより、あんな姿を貴方に見られたことが、いたたまれなくって」

「自分でも、冷酷だと思ったよ」

「でも、私と貴方は何の面識もない間柄《あいだがら》だっていう取り決めをしているじゃありませんか」

「とはいっても、あの状況を見て、見て見ぬ振りをするのは、最低だね」

「ううん、貴方は最低なんかじゃありません」

「もう君はここには来ないかもしれない。来ても、僕とは口を利《き》いてくれないかもと覚悟していたんだよ。昨日、ラフォーレの前にも来なかったし」

「行ったのですか？」

「うん、君が来ると思ったから」

「昨日は、無理だったんです。気持ち的に、あそこにEmily Temple cuteのお洋服を着て、出掛けることは。やっと見付けた自分の為の大切なお洋服と場所を、逃げ場にしてはならない、そんなふうにして大切なものに甘えては、自分が駄目《だめ》になると思ったんです」

「君は何時《いつ》からそんなに強くなったんだい。僕は自分を恥じるよ」

「強くなんてありません。でも、支えてくれるものがあるから、私はこうして立っていられる。こうしてまた学校にも来られたし、生きている」

「その支えって」

「Emily Temple cute のお洋服と、何時も座り込んでいるあの場所と……」

「……と？」

「貴方」

貴方は驚いたように私を見詰めました。

「僕は君に何も与えていないよ」

「自分では解っていないだけです。少なくとも、Emily Temple cute のお洋服とあの場所にしか拠《よ》るべき場所がなかった私は、新たに貴方という居場所を持つことが出来ました。この三つがあれば、大抵のことは乗り切れます」

私は困惑《こんわく》気味の貴方の顔を見て、笑いました。貴方は少し遠くに眼を遣《や》り、そして宙《そら》を仰《あお》ぐと、ゆっくりとこういいました。

「君に貰った勇気を僕は有効利用しなくちゃね。決めたよ。僕、先輩のこと、もう、吹っ切るよ」

「嘘？」

「嘘じゃない。今すぐに、まるでフロッピーの中身を空にしてしまうように、想いを消去してしまうことなんて無理さ。でも、先輩を好きだった自分を否定せず、その気持ちは大事にしたまま、僕は前に進むよ」

「じゃ、もうラフォーレ原宿には行かないのですか？　SUPER LOVERS は着ないのですか？」

「ラフォーレには行くよ。だってあの場所は、先輩と僕の場所だったけれど、今はもう、君と僕の場所なんだから。SUPER LOVERS をこれから先、着るかどうかは未定だな。先輩がきっかけで好きになったブランドだけど、今は僕自身、SUPER LOVERS が好きだし。でももう、SUPER LOVERS に先輩の面影《おもかげ》を追い求めることは、しない」

「じゃ、一緒に Emily Temple cute を着ましょうよ」

「男のコの僕が着られるようなお洋服はないよ。可愛過ぎるもの」

「最初は子供服のメーカーだったのに、お客さんのニーズに合わせて、今はいろんなラインのブランドが出てきたんです。そのうち、メンズのラインも出ますよ」

「Emily Temple cute for Men ？」

「そう、Emily Temple cute for Men」

「そんなの出たら、絶対、買っちゃうだろうな」

こうして数日が一応、安穏《あんのん》に過ぎていったのです。大きな苛《いじ》めもなく、淡々と時は流れていきました。が、またもや事件は起こってしまったのです。お昼休み、何時《いつ》もの如く、焼却炉の裏に行き、そのうちに貴方がやって来るだろうとパンを食べながら待っていると、クラスで私を苛めているリーダーとその取り巻きが、甲高《かんだか》い声を上げながら、近付いてきたのです。「ほら、いたよ」「本当だ、こんなところでメシ、食ってやがったんだな。何時もメシの時間は何処《どこ》に消えるのかと不思議だったんだよ。ゴミ焼き場でメシか、エミリーにはお似合い過ぎるぜ」。下卑《げび》た笑いが沸きました。リーダーの指示が飛びます。「そんなにゴミ焼き場が好きなら、もっと素敵な場所に案内してやるよ」。その声で、数名が私の身体を拘束《こうそく》し、一人が焼却炉の蓋《ふた》を開きました。「この中に、入ってな」。これは危険です。彼女達は私を焼却炉の中に入れようとしているのです。まぁ、常識的に考えて、焼却炉に入れた後、炉に火をつけるということは明らかに殺人行為になりますから、流石《さすが》にやりはしないでしょうが、密閉された焼却炉の中に入れられれば、私の命は下手《へた》するとなくなってしまいます。命に関わることをされてはたまりません。私は渾身《こんしん》の力で抵抗をしましたが、それは全くの徒労《とろう》でした。中で息は出来るのか、蓋を閉められて自力で出てこられるのかとぐるぐる頭を回転させている間に、容赦《ようしゃ》なく私の小さな身体は担《かつ》がれ、焼却炉の中に入れられてしまいます。「蓋を閉めろ！」。私は真っ暗な焼却炉の中に閉じ込められてしまいました。炉の中が一体どうなっているのかは解りませんが、身動きは思うようにとれません。人間が一人入って自由に動けるだけのスペースはないのです。息をすると大量の灰燼《かいじん》が鼻にも口にも入ってきます。呼吸困難で死ぬ——と私は戦慄《せんりつ》しました。「蓋の鍵、下ろしちゃえ」「いいの？」「大丈夫だよ」「死なない？」「大丈夫だって」。微《かす》かに彼女達の声が聞こえます。鍵を下ろされては一巻の終わり。が、無情にも鍵は下ろされたようです。蓋の部分を力一杯押しましたが、微動はするものの、蓋が開く可能性は全くなさそうです。やがて周りが静かになりました。彼女達は立ち去ったようです。私は声を上げれば余計に喉《のど》に灰燼が入ってくることを覚悟しつつ、ありったけの大声を上げ、助けを呼び、蓋を叩きました。

どれくらいの時間、私は叫び、蓋を叩いていたのでしょう。暗闇《くらやみ》の中で、それは途方もなく長い時間に思えました。が、実際は数分だったのかもしれません。蓋が開きました。焼却炉の蓋を開けてくれたのは、貴方でした。貴方は何もいわず、私の両脇に腕を差し込み、力任せに私の身体を外に引っ張り出そうとしました。が、なかなか炉からの脱出は適《かな》いません。「両手を僕の首に廻して。そう、何処か、脚を踏ん張れる場所はない？　僕はとにかく引っ張るから、君はどうにかして出ようとするんだ」。ようやく上半身が外に出ました。貴方は自分の上体を炉の中に突っ込み、私の腰を持ち、そのまま下半身を外に放り出しました。救出された私は、真っ黒でした。貴方も真っ黒でした。「大丈夫？」。肩で息をしながら、貴方が訊ねます。私は頷きました。

「来てみたら、君がいなくて、焼却炉の後ろにパンの齧《かじ》りかけが落ちていて、おかしいなと思って暫《しばら》く君を待っていると、微かに焼却炉の中から物音が聞こえたんだ。まさかと思って、鍵を外して中を見てみたら、君がいた」

私の叫び声や蓋を叩く音は、外には耳を澄ませなければ聞こえないくらいのものだったようです。貴方と何時《いっ》も一緒にここでお昼を食べていなければ、私は何時迄《いつまで》、炉に閉じ込められていたことでしょう。それを考えると、背筋が凍りつきました。

「一体、誰が……」

「クラスの人達です」

「何時も、苛《いじ》めを先頭になって仕切るという奴等《やつら》か？」

「はい」

私の返事を聞くか聞かぬかの間に、貴方は走り出していました。その様子は尋常《じんじょう》ではありませんでした。私は慌てて後を追います。貴方は私の教室へと乗り込み、平和に昼休みをエンジョイするクラスの生徒の中の一人の胸ぐらを摑《つか》み、大声を張り上げました。

「おい、焼却炉に入れたのは、どいつだ！　誰と誰だ！　出てこい！　ほら、お前、知ってるんだろ、教えろよ」

胸を摑まれた生徒は、私を焼却炉に入れたリーダーと彼女を中心にたむろしていた一団を指差します。貴方は摑んでいた生徒を解放し、犯人達の前に立ちました。

「お前らか」

返事はありませんでした。

「お前らが、焼却炉に閉じ込めたのかって、訊いてるんだよ！」

こんなに荒い言葉遣いをする貴方を見るのは初めてでした。そしてこんなに暴力的な態度の貴方を見るのも。

「そうだよ。それがデザ工のホモに何の関係があるんだよ」

リーダーがそう口にした途端《とたん》、貴方の右足はリーダーの腹に入り、リーダーは蹲《うずくま》りました。周りの者が後ずさりするのを見ると、貴方はその者達を素早く捕まえ、頭突《ずつ》きをくらわせていきます。

「助けて！　先生を呼んで来て！」

リーダーが叫びます。貴方はその声に振り返り、蹲ったままのリーダーの髪を摑むと、顔面に容赦《ようしや》なく蹴《け》りを入れていきました。リーダーの鼻から鮮血が飛び散ろうと、貴方は蹴ることを止《や》めませんでした。

「やっていいことと、やっちゃいけないことがあるんだよ。やり過ぎなんだよ。クソ野郎。

——下手すると、死んでたぞ、僕が見付けなければ」

屈強そうな男子が数名、貴方を止《と》めようと貴方に襲いかかります。しかし貴方はそれを上手くかわし、自分を阻止《そし》しようとする者達に近くにあった椅子や机を投げ付けました。体軀《たいく》は決して大きくない、否《いや》、通常の男子よりか細い、そんな貴方が暴れ回るのを誰も止めることが出来ませんでした。普通なら大柄な男子一人で、貴方など易々《やすやす》と羽交《はが》い締《じ》めにすることが可能だったでしょう。が、貴方は修羅《しゅら》と化していました。小さな修羅の荒《あら》ぶる力は何人掛かりであろうと制圧することが不可能でした。やがて担任と数名の男の先生が騒ぎを聞きつけてやってきました。「やめなさい!」と一人の先生が威圧的に声を発しました。貴方はその方向に振り向きもせず、椅子を投げ付けました。椅子は窓硝子《ガラス》に当たり、硝子の砕け散る音が響き渡りました。いきなりの出来事に今迄、声すら上げられなかった生徒達の中の一人の女子がその音をきっかけに「キャー!」と叫び、今までモノクロで展開されているように思えた暴力シーンが、急に血みどろの恐るべき総天然色へと変わりました。貴方はようやく動きを止めました。白目を剝《む》きながら口から泡《あわ》を吹いているリーダーの髪を手から放しました。隣でその様子を目の当《ま》たりにしていた彼女の友人は、腰を抜かしたまま、床に尿を垂れ流し、つまりは失禁《しっきん》をしていました。貴方は自分を取り巻く全てのギャラリーをゆっくりと見渡すと、そのまま無言で教室を後にしました。誰も貴方を追いかけることは出来ませんでした。先生達さえもが、追うことを恐れ、立ちすくんでいました。私は荒れ果てた教室の中から自分の鞄を見付け出すと、すぐに貴方を追いました。が、貴方の姿は何処《どこ》にもありません。貴方の教室を覗きました。そして校門へと走りました。校門に着くと、手をポケットに突っ込みながら歩いていく貴方の後ろ姿が小さく見えました。私はその姿が見えなくなる迄、じっと見続けました。

現れないだろうなと思いつつ、私はその日の午後の授業とクラブをサボタージュし、貴方を待つ為にラフォーレ原宿の前に行きました。予想通り、貴方は来ませんでした。次の日、学校に行くと、私は先生から呼び出しを受けました。で、校長室に呼ばれ、貴方と私の関係、貴方が暴力行為に至る経緯《けいい》、貴方の普段の人格などに就いて質問攻めにされました。私は何も応えませんでした。どんなに脅《おど》されようと、一切、何も応えませんでした。

「それじゃ、何か。君は彼のことを何も知らない。面識すらないというのかね」という質問に、私は大きく頷きました。その応えは全てを終わらせました。先生達の話によると、貴方は学校に来ていないといいます。その日、私はやはり昼食を焼却炉の裏に摂りに行きました。久し振りに一人で摂る昼食でした。ラフォーレ原宿に行けども、またもや貴方は姿を見せませんでした。その次の日もその次の日も、貴方は学校にも出ず、ラフォーレ原宿前にも来ず、しかし私は貴方を待ち続けるしかありませんでした。先生に訊けば貴方が一体、日々をどうして過ごしているのかが少しは解ったかもしれません。が、一切面識がないという、明らかな大嘘をついてしまっている身の上、それは出来ぬことでした。

貴方がラフォーレ原宿の前に姿を見せたのは、あのバイオレンスな事件があってから、五日目のことでした。私には貴方の顔、否《いえ》、醸《かも》し出すオーラ自体がとてもやつれて見えました。力なく貴方は、私に「やぁ」と声を掛けます。その声は打ちひしがれた者だけが発することが出来る声でした。

「私のことで、貴方に迷惑を掛けてしまったことを謝ります。謝っても謝り切れないけれど、本当にご免なさい。まさか貴方があんなことをするとは夢にも思わなかったもので」

「否《いや》、あれは君の為にやった訳じゃない。君の屈辱《くつじょく》に抗議するつもりなんてなかった。僕は僕の情動《じょうどう》に従っただけなんだ。だから君が気にすることはない」

「でも、気配を消して中学生活を送っていて、もうすぐそつなく卒業を迎える貴方にとって、あれはやってはいけないことだったのでしょう」

「そうかも知れない。でも、僕は自分の怒りを抑《おさ》えきれなかった。もしかすると君は自分自身に起こった出来事だから、自分の中でその出来事に上手く対応出来たのかもしれない。でも僕は君じゃない。僕は君が焼却炉に入れられた、まかり間違えば死んだかもしれないということを絶対に赦《ゆる》せなかった」

「何故《なぜ》ですか？」

「自分に降りかかる誤解や嘲笑なら、自分で処理することが可能だ。絶体絶命になろうと、これで自分の一生は終わりなのかと腹を括《くく》れるだろう。でも自分の大切な人が死の淵《ふち》に立たされた時、僕は自分の中でそれを仕方のないことだとは思えない。大袈裟ない方になるかもしれないけれど、僕には自分の命より君の命の方が遥《はる》かに大切なんだ」

「どうして？　私は貴方の役にも立たず、恋愛対象にもならない、しょぼくれた苛《いじ》められっ子なのに」

「君は以前、僕のことを君が存在する支えになっているといったね。僕にとっても、君は既《すで》に僕の一部で、何よりも尊重《そんちょう》すべきものなんだ」

貴方は相変わらずSUPER LOVERSで全身を固めていましたが、ポイントとして必ずといっていい程入る、SUPER LOVERSのドクロのマークは、この日の貴方にとって少し重荷のようでした。貴方はまだ春が近いとはいえ、外に出ると肌寒いのに、八分丈のキャメル色のズボンに、靴下は履かず、素足に少しラバーソールのようになった靴を履き、上は真っ赤なフード付きのトレーナー一枚きりでした。季節感のない、そして何も考えていないコーディネイトでした。私はごく最近に買った赤いフロントにフリルが付いたタータンチェックのブラウスの下に、アリス柄、今迄《まで》 Emily Temple cute は『不思議の国のアリス』を繰り返しモチーフにしてきましたが、遂《つい》にルイス・キャロル原作で挿し絵がジョン・テニエルという『不思議の国のアリス』のオリジナル版の挿《さ》し絵《え》をふんだんに引用したアリス柄のお洋服を発表した、その記念すべきアイテムの一つである白地に黒でアリスのイラストがそこかしこにプリントされたロングの、ドレッシーだけれどロリータ魂が全開したスカートを併せ、それではしかしまだこの季節、寒いので、冬の初めに買った襟に白いファーがあしらわれたピンクのピー・コートを着ていました。

「あの時以来、学校には顔を出していないみたいですね」

「うん。何だか、照れ臭くて。というか、いろいろ訊ねられるのが面倒だったりもしたし。三年生になると三学期は、皆、進学や進路のことが優先して、授業なんてないに等しいんだ。だから、少しばかり行かなくても、何の問題もないし、皆は自分の近未来のことで精一杯。先生も生徒のこれからのことをケアするので精一杯、ほとぼりが醒《さ》める迄《まで》、学校に行かない方が、皆にとっても有り難かったりもするんだよ」

「でも、ここには来てくれれば良かったのに。私は貴方をずっと待っていたのに……」

「あんな暴力沙汰を起こして、かえって君に迷惑が掛かっただろうなと思うと、ここに来るのが憚《はばか》られた。君にどんな釈明《しゃくめい》をしようかと家でずっと考えていたけれど、上手な言訳《いいわけ》が思い浮かばなかった」

「でも、今日は来てくれました」

「来てくれたじゃ、ない。君に逢わずにはいられなかったんだ。僕は君に縋《すが》りに来たんだ。君しかいなかった。一人でいるのがもう、耐えられなくなってしまったんだ」

貴方は膝《ひざ》を抱えて険《けわ》しい表情を作りました。「一体、どうしたの？　何があったの？」と容易に訊ねることを私は躊躇《ちゅうちょ》しました。そんな問い掛けをきっと貴方は求めてはいないのです。私は貴方が自分の口からその理由をいい出す迄、じっと沈黙していました。それが貴方に対する私の礼節《れいせつ》なのです。

「あの事件以来、僕は家でゴロゴロしていた。事件を学校から聞かされた親は、僕をどう扱ってよいのか解らず、ひたすらに狼狽《うろた》えていた。殆《ほと》ど、家から外に出なかった。出る気がしなかったんだ。そんなふうに無意味に日をやり過ごしていると、突然、僕宛《あて》に昨日の夕方、電話があった。先輩からだった。僕は受話器を持つ手が震えた。先輩は僕を罵倒《ばとう》しにきた先輩ではなかった。先輩はこういった。お前に好きだ、恋愛感情を持って好きだといわれた時、俺ははっきりいって動顚《どうてん》した。だってそうだろ。ホモなんて俺の中では、実在することは知っているけれど、出逢うことのない、異国の人、否《いや》、それ以上に遠い、理解しかねる宇宙人のようなものだったんだから。お前にはだから、とても非道《ひど》いことをいったし、非道《ひどう》な仕打ちをした。時間が経って、俺も少し大人になって、いろんなことが解るようになったよ。で、お前にちゃんと謝りたいと思った。お前を傷付けたことを。お前は俺を赦《ゆる》してくれないかもしれない。でも、俺はお前に心から詫《わ》びを入れたかった。——弱り切った気持ちで受けたその電話は、僕にとって神様からの贈り物だったよ。僕は先輩のことを少しも恨んではいないといった。吹っ切ると決めたけれど、今でも先輩を想う気持ちは一欠片《ひとかけら》とも損なわれていないと返した。先輩は、何度も有り難うとすまないを繰り返した」

そこで貴方はブレスを置きました。

「今はどうしてる、皆から冷遇されてはいないかと僕の身を案じてくれた。大丈夫ですよ、僕は気丈《きじよう》に嘘の報告をした。そうか——。先輩は少し安堵《あんど》の口調になった。そして、こう切り出した。急で悪いんだけれど、仲直りは早くやりたい。今晩、俺の家は親が二人とも旅行に出掛けていて、留守なんだ。もしお前さえ、都合がつくんだったら、今から家に遊びに来ないか。——僕は行きますと即答していたよ。先輩の家への行き方をメモに取って、電話を切った。シャワーを浴びて、髪の毛をブロウして、先輩とお揃いで買った、SUPER

LOVERS のTシャツとブルゾンとズボンに即攻《そっこう》着替えて、僕は走って家を出た」

どうやら八時を廻ったようでした。ラフォーレ原宿から人が皆、出てゆき、ショップの店員さん達は後片づけを始めています。私達のしゃがみ込んでいる場所からも徐々に人が減っている様子でした。貴方は私の顔を何を思ったのか、暫《しばら》くじっと覗き込みました。私はその意味が呑み込めず、只《ただ》、ドキンと心臓を鳴らしました。やがて貴方は微笑み、話を続けました。

「先輩の家に着くと、僕は呼《よ》び鈴《りん》を鳴らした。先輩は僕を家のリビングに通してくれた。ワインの瓶が二本、空《あ》いていた。先輩は大きな赤いソファーに僕に腰掛けるようにいい、自分が先にそこに座った。——横に座れよ。お前、まだ SUPER LOVERS、着てるんだな。俺はもう卒業だ。今はもっぱら UNDER COVER だな。細身のダークグレイのパンツに冬だというのに、古着っぽいテイストの紺のTシャツ姿の先輩は、赤黒い液体の入ったワイングラスを左手に持っていた。お前も飲むかといわれたけれど、僕は断った。先輩の横に座ると、アルコールの匂いがした。先輩はいった。本当に俺のこと、赦してくれるんだな、と。僕は頷いた。辛い想いをさせたなといいながら、先輩は僕を抱き締めた、否《いや》、抱き締めたというか、僕に酔っぱらいがよくそうするように、寄り掛かってきた。——これからも俺のこと、先輩って呼んでくれるか。先輩のアルコール臭い息が僕の耳元にかかった。僕は先輩が構わないというのならと返した。まだ、俺のこと、好きか。僕は、はいと応えた。先輩後輩としてや友達としてではなくだぞ。恋愛の対象としてだぞ。念を押すように先輩は僕に訊ねてくる。先輩、酔ってるんですよね、随分《ずいぶん》、飲んだんでしょというと、先輩は応えをはぐらかすなと低い声でいった。僕はまた、はいと応えた。そうか……暫く、先輩は沈黙した。そしてこういった。俺はホモにはなれないぞ――。解ってます。先輩にそんなことは期待していないし、先輩の恋人になろうだなんて思いません。先輩に彼女が出来たとしても、僕はその彼女を憎みません。嫉妬《しっと》はすると思うけれど……。なぁ――、先輩の声が少し柔らかく甘えたように聞こえた。俺はホモじゃないから、こうしてお前を抱擁《ほうよう》していても、変な気持ちになんてならないけれど、お前は、やっぱり、あれか、つまり、ホモだから、というか、俺のことが好きだから、ドキドキしたり、するのか。僕は真っ赤になって小さく頷いた。もしかして、勃起《ぼっき》したりもする訳か。その質問に僕は頷くことすら出来なかった。だって、その時、僕は既に、先輩がいう通りになっていたから……。先輩は僕の股間《こかん》に手を伸ばした。お前、起《た》ってるな。僕は恥ずかしくて、でも、そうして触って貰えていることが嬉しくて、もう訳が解らなかった。先輩はいった。見せてみろよ。僕は首を横に往復させた。でも先輩は無理矢理、僕のズボンを脱がせた。……無理矢理、じゃ、なかったのかもしれない。僕は抗《あらが》いながらも、先輩にそうされることを望んでいたんだ。多分。ズボンを脱がせ終わった先輩は次にこういった。——な、俺は男に興味がないし、男の裸を見ても興奮しない、男と裸で身体をくっつけ合うのも、正直いって、気持ち悪いから、無理だ。でも、お前は俺の裸を見れば興奮するんだろ。俺が好きな女のコの裸を想像して、自分でオナニーするように、お前も俺の裸を想像して、オナニーをしたことがあるんだろうな。俺がお前をホモだからともう否定していない証《あかし》に、見せてやるよ、お前に、俺の裸を。だからお前は俺の裸を見て、オナニーしろ。俺にしてやれることは、これくらいしかない。そういうと先輩は着ていた自分のTシャツを脱いだ。適度に筋肉の付いた先輩の上半身が僕の眼の前にあった。さぁ、照《て》れるな、自分でしてみろ。少しなら触ってもいいぞ。そういうと先輩は僕の左手を自分の胸にあてがった。僕はもう我慢が出来なくて、もう一方の右手で自分のものを扱《しご》き始めた。オナニーは何度もしたことがある。でも、それはオナニーじゃなかった。少なくとも僕にとっては。今、僕は先輩の裸体に触れている……。気持ちいいかと繰り返して訊ねる先輩に、僕は、はい、とても気持ちいいです。夢のようです。と応えた。訊かれる度《たび》に、応える度に、僕の興奮はボルテージを上げていった。先輩の質問は、だんだんと卑猥《ひわい》になっていく。俺のチンポをくわえたいか。僕は頷く。でも先輩はそれじゃ赦《ゆる》してくれない。それなら、いってみろ、先輩のチンポをくわえたいですって。僕は小さな声でいってみる。もっと大きな声で。先輩が命令する。僕はそれに従って叫ぶ。先輩のチンポをくわえたいです――。その瞬間、リビングの戸がいきなり開いて、大きな拍手《はくしゅ》が起きたかと思うと、三人の人間が部屋に傾《なだ》れ込んできた。女子、二名、男子、一名。彼らは先輩と同い年のようで、皆、各自グラスを手に持ちながら、ひたすらに嗤《わら》い転げていた。見知らぬ男子がいった。先輩のチンポをくわえたいですだって！　ハハハ、おい、マジでくわえさせてやれよ。僕は混乱した頭で先輩を見つめた。すると先輩は彼らの乱入を当然の如く受け止め、彼らの方を向いてはっきりといった。本当、だっただろ。俺の中学にホモがいたってのは。お前ら信じないんだもん。ホモっぽい奴じゃなくて、本物のホモなんだよ。これで解っただろ。俺の裸を見て、俺に触って、チンポ起てただろ。先輩は自分のグラスにワインを注《つ》いでくれるように、彼らに眼で合図をした。女子の一人がワインの瓶を持ってこちらに近付いてきた。それと同時に、他の二人も僕と先輩の傍に眼を爛々《らんらん》と輝かせながら、接近してきた。ソファーに座る僕と先輩は、三人から囲まれる形になった。ワインを先輩のグラスに注いだ女子がいった。スゴいよねー。貴方、本当にホモなんだ。するともう一人の女子がいった。途中で止めさせちゃったら、可哀想《かわいそう》じゃん。男のコって、こうなっちゃうともう、最後迄《まで》出しちゃわないと収まらないんでしょ。というか、男子が射精するところ、見たいだけなんじゃないの。だって、見たこと、ある？　ないでしょ。正直、興味あるじゃん。エロいねー。二人の女子はひたすらに盛り上がっていた。ね、最後迄、やらせてあげてよ。そうよ、そうでなきゃ、つまんないわよ。先輩は苦笑いして、それもそうだなというと、僕に、オナニーを続けるように指示した。でも、もう僕のそれは萎《しぼ》んでいた。萎んでいなくても、僕が命じられるままにオナニーをする訳がなかった。全ては謀《はかりごと》。高校生になって出逢った友達に、自分の中学には自分を慕うホモがいたということを皆に面白可笑《おもしろおか》しく語り、そのホモが本当に存在するのかどうかを見せる為に、そしてこの夜の乱痴気《らんちき》騒ぎを盛り上げる為に、僕は先輩の家に招かれたんだ。僕は顔を上げることが出来なかった。ズボンを穿《は》き直す力さえなかった。自分の愚かさ加減を呪詛《じゅそ》した。もう、先輩のことは吹っ切ると君にいいながら、電話があったらのこのこと出掛けて行き、大好きだった人に只《ただ》の嗤い者として皆の前に晒《さら》された自分の馬鹿《ばか》さ加減に憎しみを込めた」

ラフォーレ原宿の入り口の硝子《ガラス》の扉は、警備員さんによって鍵がかけられ、付近に人影は殆《ほとん》どなくなってしまいました。夜は冷たさを増していきます。私は閉店しても点《つ》き続けているラフォーレ原宿のイルミネーションに眼をこらし続けました。貴方の告白を、只、聞いていることが出来なかったのです。何か別のことに少しでも気を逸《そ》らさないと、私の心は一瞬にして押し潰《つぶ》されてしまう。貴方は尚《なお》も話し続けました。

「二人きりでいいムードだったから、このコも勃起したんじゃないか。こんなに大勢の前で、オナニーしろといっても、無理だよ。とギャラリーの男子がいった。じゃ、どうすりゃいいんだよ。先輩はむくれた。女子の一人がいった。好きな人に実際に扱《しご》かれると、また起つんじゃないの。それもそうね。やってあげなよ。やりなよ。見たいよ。見たいのー。女子の二人がまた掛け合いを始め、先輩は、俺がこいつのチンポ、手で扱くの？　マジで？　嫌だよ。気持ち悪いもんと応えた。が、女子の二人は納得しない。先輩は、じゃ、俺がこいつのを扱いたら、幾ら出す？と訊ねる。女子の一人は千円といい、もう一人の女子も千円という。残された男子も、千円と応えた。もう一声。二千円、じゃ、私も二千円、俺も二千円。まだまだ。うーん、三千円、じゃあ、私も、俺も。誰かが後千円出したら、一万円になるんだけどな。そうすれば、やらないこともない。二人の女子はひそひそと耳打ちをし合い、私達がそれぞれ三千五百円ずつ出すから、これで一万円でしょ、と口元に残忍な笑みを浮かべ、先輩と僕とを見比べた。先輩は、マジかよと連発しながらも、僕の方に向き直った。そして、グラスに残っていたワインを一気に飲み干すと、早く出せよと僕に早口でいい、僕のものを右手で握り、扱き始めた——」

　貴方はそこで突如、言葉を失ったかのように黙り込み、そして今迄よりも一層深く膝を抱え込むと、背中を激しく震わせ始めました。貴方は……泣いていました。

「僕は、僕は……先輩の手で扱《しご》かれて、勃起して……射精してしまったんだ……」

もしも神様がこの世界にいて、私達を生み出して、森羅万象《しんらばんしょう》を司《つかさど》り、全ての生きとし生けるものの運命を決定し、偶《たま》に気が向いて誰かに幸運を与え、誰かに悪戯《いたずら》をするのだとしたなら、私はいいます、神様、あなたに……。やっていいことと、やっちゃいけないことがあるんだよ。やり過ぎなんだよ。クソ野郎——。

震え続ける貴方が壊れてしまいそうで、このまま何処《どこ》かに消えてなくなってしまいそうで、私は貴方の手を握り締めました。貴方はその刹那《せつな》、私の手を強い力で握り返し、声を上げて泣き始めました。飲み込まされた毒を吐き出すかのように、貴方は嗚咽《おえつ》し続けました。握り締めた手を私達はずっと、放しませんでした。一人では抱えられないものね。痛みや苦しみは分かち合えないけれど、こうして傍《そば》にいることなら出来るよ、たったそれだけのことしか出来ないけれど、今、貴方が望むなら、私が一緒に荷物を背負うよ、たった一瞬の慰《なぐさ》めかもしれないけれど、支えになるよ、もう我慢が限界なら倒れればいい、私を下敷きにして。否《いえ》、して下さい。貴方の涙の数が一粒でも減るのであるならば。

警備員さんが数本のポールを持って現れました。ポールはテープとテープでジョイントし、仕切りを作る為のもので、警備員さんは、ラフォーレ原宿の敷地と歩道の境界にそれを立てていきます。敷地内にしゃがみ込んでいた私達は、その場を離れるしかありませんでした。ちらりと時計をみると九時半でした。どうやったとしても、今から家に帰ればもうママが待っています。私は帰宅が大幅に遅くなった理由を考え出さねばなりませんでしたが、何故《なぜ》かそんなことを考える気にはなれませんでした。原宿に集《つど》うのは子供達ばかり、大人や大人ぶる子供が巣くう渋谷や新宿と違い、原宿は八時を過ぎると殆《ほとん》どのお店が閉店し、行き交う人もいなくなってしまいます。暫《しばら》く、呆然《ぼうぜん》と私達はラフォーレ原宿の前の歩道に立っていました。私は、巡回中らしき警察官がこちらを窺《うかが》っている視線に気付きました。尋問《じんもん》などをされると厄介《やっかい》です。なにしろ私達は中学生なのですから。立ち止まっていては眼を惹く。私は貴方の手を引っ張り、歩き出そうとしました。しかし貴方は動こうとしませんでした。

「先輩の家を出て、家に帰り着いたのは今日の明け方だった。両親は、こんな時間迄《まで》何処《どこ》にいたのかと僕を詰問《きつもん》した。ホモになり、もうすぐ卒業だという時期に学校で暴力事件を起こし、不登校になり、挙句《あげく》に朝帰り。二人が心配し、尚且《なおかつ》、憤《いきどお》っていることは明白で、僕は何らかの弁解をしなければならないことは解っていたのだけれど、するのが嫌だった。服を着替え、両親が止めるのを振り切って、僕はまたすぐに外に出た。行く場所なんてなかったけれど、家には居られなかった」

「じゃ、私が夕方にここに来る迄、何処にいたのですか」

「幸い、朝の電車は動き出していた。とりあえず僕は、原宿駅迄来て、明治神宮の森を歩き回った」

「ずっと、夕方迄？」

「うん。街が起き出す時間になれば、暇潰《ひまつぶ》しにいろんなお店を覗くことも出来たけれど、人込みに出たくなかった。だからずっと森を散策していた。君がラフォーレ原宿前に来るであろう時間迄」

「それでは、一晩、寝ていないんですね」

「うん。でも不思議と眠くはないよ」

「このまま、家出少年になってしまうのですか？」

「そういう訳にはいかないだろう。ちゃんと家には帰るし、その時にはそれなりの弁解を考え、するつもりだよ。でも、今日は、今日だけは、家に帰りたくない。否《いや》、何処にも帰りたくない」

「うん。何処にも帰らないでいましょう。今日は、というか今夜はずっと一緒ですよ」

貴方は眼を丸くして私の顔を見つめました。

「君は帰らなけりゃ、駄目だ」

「何故ですか？」

「僕に付き合う義務はないし、理由もない」

「貴方のことが好き。大好きな人が一人ぽっちでいる時、一緒にいたいと思ってはいけませんか？」

「好き？」

「ええ、貴方が先輩のことを好きになったように、私は貴方を好きになってしまいました。自分の貴方への感情が如何《いか》なるものなのか、それが今迄自分でも判然としていなかったのですが、今、私はとてもよく解りました。私は貴方のことが好きです。男性恐怖症なのにと不思議がられるかもしれませんが、私は貴方が大好きで、これは多分、友愛感情でもなく、敬愛感情でもなく、恋愛感情です」

「君は僕に同情をしているだけだよ」

「同情で一緒に夜明かしをする覚悟なんてつきません。ずっと握ったままのこの手の温もりにときめいているといったら、貴方は私の感情が同情ではなくて愛情だと信じて下さいますか。——さぁ、歩きましょう。ここに突っ立っていると、補導《ほどう》されちゃいます」

「でも、何処にも行くあてがないよ」

「明治神宮は？」

「夜の森はきっと物騒《ぶっそう》だ」

「じゃ、とりあえず、道に従って歩きましょう」

ラフォーレ原宿の前の明治通りをてくてくと、私達はひたすらに歩き続けました。何処に向かうでもなく、道があるからそれに沿って歩くだけ、急ぐでもなく緩慢《かんまん》でもなく、私達は無言で夜を歩いていきました。手を絡《つな》いだまま。やがて、私達は渋谷駅に辿《たど》り着いてしまいます。渋谷の街は原宿と違い、とても賑《にぎ》わっていました。

「渋谷だね」

「渋谷ですね」

ラフォーレ原宿前から歩き始めて以来、私達はようやく会話を交しました。

「どっちに行こう」

「センター街は恐いから、嫌です」

「少し、疲れたね」

「そうですね」

私達はそういいながらも、歩いていました。知らず知らず、私達は道玄坂《どうげんざか》を上っていました。少し、疲れたなんてきっと嘘です。貴方は丸一日寝ていないし、休息も取っていない。それでなくともいろいろとあったのです。霧のような小雨がぱらついてきて、貴方はくしゃみを数回、繰り返しました。そう、忘れていましたが、貴方はまだ春になっていないこの季節にしては、とても薄着だったのです。

「寒いでしょ」

「うん、少し」

「風邪をひいてしまいますよ」

「大丈夫さ」

「あの……」

「何？」

「この近辺って、よく知らないんですけれど、確か、ホテル街でしたよね……」

「うん、いわゆるラブホテルが一杯ある地域だよ。この辺りの細い道を曲がったりすると、とたんに怪しい雰囲気になる」

「貴方は、今、お財布の中に幾《いく》ら入っていますか」

貴方は自分のお財布の中身を確かめます。

「六千円」

私も自分のお財布を出して、所持金を確かめます。

「私は、二万と五百円持っています。Emily Temple cute で、お取り置きしていたブラウスを買う為にお財布に入れておいたお金です」

「今日、ラフォーレに行ったのに、どうして引き取ってこなかったの？」

「お店でお買い物をしている間に、もしも貴方がラフォーレ原宿の前に現れたら、私が来ていないと思って何処《どこ》かに行ってしまうだろう。そう思うと、ラフォーレ原宿の前から離れられなかったんです」

「ご免《めん》ね。で、何故《なぜ》にお互いの所持金を急に確かめたの？」

「あの……そういう、この辺りの淫靡《いんび》なホテルって、幾らくらいでお泊まり出来るんですか？」

「さぁ、解らない。ホテルの種類や設備によっても様々だろうし」

「あの……えっと……淫靡なホテルに、お、お泊まりしませんか」

「二人で？」

貴方は立ち止まって、何度も瞬《まばた》きをしきりに繰り返しながら、私の顔を見ました。私はとてもとても、とても恥ずかしかったけれど、いってしまったからにはもう、後にはひけません。

「そうです。貴方は疲れているし、寒いのに薄着だし、おまけに雨は降ってきたし、どこかで眠った方がいいんです。だから、そういう処《ところ》にお誘い申し上げたのです。あ、あの、私、別に変な下心があって、貴方を誘っている訳ではありませんから」

腋《わき》の下から汗が噴き出しました。貴方はくすりと笑いました。

「あのさ、普通、ホテルに誘いながら、下心はありませんと言訳するのって、男のコの役割じゃない？」

「それは、そうですけれど……」

いい澱《よど》む私の手を貴方はひっぱり、足早に歩き始めました。

「どうしたんですか」

「お泊まりしに行くんだよ。淫靡なホテルに」

道玄坂を上りきる手前の横道に貴方は私を連れて入りました。貴方がいった通り、道玄坂から一歩足を踏み外せば、そこはとてもとても猥雑《わいざつ》なムードを漂わせた地帯になっているのでした。ディズニーランドに建っていてもおかしくないような感じのファンタスティックな外観のホテルもあれば、いかにも鄙《ひな》びた連れ込み旅館という古式名称《こしきめいしょう》が似合いそうなホテルもありました。どのホテルの玄関にも、ご休憩料金とお泊まり料金が表示されていましたから、所持金が足りなくて後でとんでもないことになるということはない様子でした。が、どのホテルも金額表示は、「〜」のマークが付いています。つまり、上限は入ってみないと解らないのです。二人の所持金を併せればお泊まりはどのホテルでも出来そうでしたが、その「〜」が恐いので、私達は出来る限り金額設定の低い、チープなホテルを探しました。そんなホテルの方が、入室チェックが甘い筈《はず》だという思惑《おもわく》もありました。

普通のシティホテル然とした処に入って、君達、歳は幾つだと訊ねられ、交番に連れていかれては最悪です。

私達は、一軒の実に地味な外観の、紫色の看板に罅《ひび》が入ったランボーという名の古びたホテルに目星を付けました。自動ドアが開くと、薄暗い廊下がいきなりあって、壁に嵌《は》め込まれたパネルがぼうっと光っているだけ、人の気配は全くありませんでした。私と貴方はほぼ同時にそのパネルが室内写真と料金を表示した部屋の案内板になっていて、パネルの電気が消えているところは使用中、点いているところは空室だと解るシステムであることを理解しました。

「一部屋しか、電気が点いてないってことは、空いてる部屋はこの部屋だけってことだよね」

案内板で唯一、空室を示す部屋は二〇一号室。和室にベッドが置いてある妙な室内写真の下に緑色のボタンがありました。貴方はそのボタンを押しました。すると急に後ろから「今からだと、ご休憩でもお泊まりの料金になりますが」という野太いおばさんの声がしました。私はその声に驚き、卒倒《そっとう》しそうになりました。が、貴方は冷静に後ろを振り向きました。入ってきた時はよく解らなかったのですが、廊下を挟んだパネルの向かい側には小さな窓があったのです。おばさんはその窓の後ろに潜《ひそ》んでいた訳です。「前払いで一万千円です」と、おばさんは簡潔に用件を伝えます。私はお財布から二万円を出すと、貴方に託《たく》しました。貴方はそのお金を窓の向こうのおばさんに差し出します。お釣りと共におばさんはルームキーを渡してくれました。「部屋は二階の突き当たり。階段は廊下を真っ直ぐ行って右に曲がったところ。寝煙草はしないで下さいね」。そういうともうおばさんは開いていた窓を閉じてしまいました。私達は、理由もないのに何故《なぜ》か忍び足で廊下を歩き、階段を上り、部屋を探し当てました。「この部屋だね。二〇一と書いてある」「はい」。私達はこれも何故か小声でした。

狭い部屋でした。ささくれ立った畳の部屋は約六畳。その中央に白いダブルベッドがどかんと鎮座《ちんざ》しています。壁には水玉模様の壁紙が貼られていました。写真ではこんな壁紙はなかったのに。きっと何かの際に壁紙を貼り替えたのです。しかし床は畳、壁は水玉、その真ん中に白いベッドとは、趣味が悪過ぎます。というか、センスの善し悪《よあ》しなんてこのホテルの経営者は考えていないのでしょう。ぐるりと部屋全体を見渡し、私は「わぁ」と大声を上げてしまいました。天井です。天井からぶら下がっているのは、玩具《おもちゃ》のようなシャンデリア、それはいいのです、問題は天井自体。何と、全部、鏡張りなのです。

「あの、何故に、天井に鏡なのですか？」

「僕に訊かれても困るんだけど」

「部屋を広く見せたいから？」

「それなら壁に鏡だろ。あ、解った。ベッドの上でいやらしいことをするだろ。そうすると、その姿が天井の鏡に映るんだ。いやらしいことをしながら、鏡に映った自分達の行為を観察出来るって仕掛けだよ」

「そんなの、変です。いやらし過ぎます」

「いやらしいホテルだから、いやらしい仕掛けがあるのは仕方がないよ」

「こういうホテルって何処《どこ》もこんなふうに、いやらしいのですか？」

「僕も初めて入ったから解らないけれど、多分、そうなんじゃないかな」

「何か、ショックです」

私は自分が穢《けが》れた処《ところ》に来てしまったような気がしました。私が行きたいといったのですから、それによって私が穢れるのは致《いた》し方ありますまい。が、そんな場所に貴方を連れてきてしまったこと、それによって貴方を穢してしまったような気分にさせられたことが悲しかったのです。私がその旨《むね》を伝えると、貴方はベッドに腰掛けて、私にも横に腰掛けるように促《うなが》し、いいました。

「君が思っているような綺麗な人間じゃないよ、僕は。というか、穢れた人間だよ、きっと。君が想像するより僕はいやらしいし、馬鹿《ばか》だ。さっきも話しただろ、僕がいやらしくて馬鹿な故に起こった出来事を」

「貴方はいやらしくも、馬鹿でもないです」

「じゃ、こんなことをしても」

貴方はそういうなり、私の身体を抱き締め、唇に唇を合わせました。一瞬の出来事でした。突然の出来事に言葉が出ず、というか、怒ってよいのか悦《よろこ》んでよいのか感情が定まらず、私は反射的に、涙をぽろりと零《こぼ》してしまいました。

「君は僕のこと、好きだっていってくれたよね。友情とかじゃなく、恋愛感情としての、好きだって。嬉しかったな。とても。僕も君のこと、大好きだよ。好きにもいろいろあるけれど、どの好きだっていわれたら、多分、恋愛感情としての好きに限りなく近いと、思う。誰よりも愛《いと》しくて、誰よりも大切だ」

「そんなの……嘘です」

「嘘じゃない。でなければ、あの日、焼却炉に君が閉じ込められた日、僕はあんな事件は起こさなかっただろう。あの時は、完全に、頭の中がショートしてしまっていた」

「でも、貴方が好きなのは先輩で……」

「うん。そうなんだ。君に出逢ってから、僕の中では先輩以上に君の存在が大きくなっていった。でも、意地悪だね、神様は。僕がいくら君を愛しい者として捉《とら》えても、僕の性欲は君に反応しない。というか、女のコの身体を持っている君に対し、僕は全く欲情しない。僕の生理が求めるのは、男性の身体なんだ。何でだろうね。何でこんなふうに生まれてきてしまったんだろうね。さっき、君はこの部屋がいやらしいといったけれど、いやらしいことは悪いことじゃない。僕は君にいやらしいことをしたくない、出来ない。そんな自分が僕は歯がゆいよ」

「正直にいいます。私は、さっき、いやらしいことを否定するような発言をしましたけれど、とてもいやらしいことを考えてしまう人間です。手を絡《つな》いで歩いていた時、私はドキドキしていました。手を絡ぐだけじゃなくて、もっと貴方のいろんな部分に触れたい、そして触れて欲しいと思っていました。さっきのキスはいきなりで、パニックみたくなって思わず泣いてしまいましたが、今、私はさっきの抱き締められた時の感覚と、貴方の柔らかな唇の感触を想い出しています。それはとてもいやらしいけれど、幸せな記憶です」

「このホテルの名前、憶えている？」

「ランボー」

「どういう意味かな」

「詩人のランボーから採《と》ったんじゃないでしょうか」

「映画のランボーかもしれない」

「そんなホテル、嫌です」

「ま、このホテルは映画のランボーが制作された年よりも古くから建っていそうだし、多分、十六歳で天才と謳《うた》われ、事実上、十九歳で断筆をしたといわれる早熟の詩人、アルチュール・ランボーの名前を借りたんだね。ランボーといえば、不思議と気になる詩が一つ、あるんだ」

「どんな詩ですか」

「『永遠』というタイトルの詩でね、詩の内容や意味ははっきりいって僕にはよく解らない。でもとても心惹かれる一節があるんだ。

もう一度探し出したぞ。
何を？　永遠を。
それは、太陽と番《つが》った
海だ。

このフレーズが、冒頭と最後に出てくる。君はこの詩を、どう思う？」

「うんと、すみません、よく、解らないです。番ったっていう言葉の意味を知らなくて」

「番った。——番いの鶏とか、聞いたことない？」

「ああ、あります」

「二つで一組。結合、融合。転じてセックスをも意味する」

永遠——それは太陽と番った海。私の中で言葉がイメージとなり、身体に染《し》み渡っていきます。

「結合でもなく、融合でもなく、ましてやセックスでもなく、番う。この言葉の響きに僕は希望を感じる」

「私も、感じました、希望を。そして永遠というものの存在を信じていい気がしてきました」

「君の裸、見てもいいかな」

「はい」

私は貴方にお洋服を丁寧《ていねい》に脱がされていきます。下着も取り去られた全裸の私を見て、貴方は「綺麗だね」といってくれました。

「貴方の裸も見せて下さい」

「いいよ」

次は私が貴方のお洋服を脱がせます。トレーナーとズボンしか身に付けていない貴方はすぐに全裸にすることが出来ました。貴方の肌は艶《つや》やかでとても綺麗でした。しかし私は、自分が裸を見せてくれといったにも拘《かか》わらず、貴方の股間《こかん》、つまり、くるくるシイタケに眼を遣《や》ることが出来ず、その部分だけはどうしても視界に入らないようにしてしまうのでした。見てみよう、きっと恐くはないと思いつつ、頑張《がんば》ってそれを見ようとしても、いざとなると無意識に眼を瞑《つむ》ってしまうのです。

「やっぱり、全然、違うよね。男子の身体と女子の身体って」

「少し、触ってもいいですか」

「うん」

私は貴方の腕に触れ、そのまま胸に触れ、そして腰に触れ、耳を胸に近寄せ、心臓の鳴る音を聴きました。やがて私達はベッドに横たわり、お互いの身体の曲線を隅々迄《すみずみまで》指でなぞっていきました。そして身体を密着させ、腕と腕を、脚と脚とを絡《から》ませ合いました。

「温かいね」

「とても温かいです」

「気持ちいいね」

「はい……」

「人の肌がこんなにも優しい感触をしていて、心を落ち着かせてくれるもんだったなんて、僕は知らなかった」

「貴方の身体からは懐かしい香りがします」

「君の身体からも、するよ」

　貴方は唇に唇をそっと少しだけ合わせ、私の乳房に指を這《は》わせました。私の身体はガチガチと小刻みに震え始めました。動悸《どうき》が激しくなります。その一方で頭の回転がどんどんと遅くなっていきます。貴方はその後、執拗《しつよう》に乳房、そしてその先へのキスを繰り返しました。私は知らず知らずのうちに、絡んだ貴方の太股《ふともも》に、自分の秘所《ひしょ》を擦《す》り付け、上下に激しく動かしていました。擦《こす》る度に、身体中に鉄が高熱の火によって赤くなり溶けていくような感覚がもたらされました。自分の秘所が呆れるくらいに液状のものを放出しているのが解りました。浅ましい欲望に比例して止めどなく流れ出る粘液《ねんえき》の量を、貴方に知られたくない。でも貴方は私の淫《みだ》らな行為の意味に気付き、今度はそこにダイレクトに顔を押し付け、音をたてながら舌で愛撫《あいぶ》を始めました。

「駄目です。そんなところ、汚い……」

「汚くないよ」

「一杯、変な汁が出てくるから、駄目」

「もっと一杯、出してもいいんだよ」

何時《いつ》の間《ま》にか、私は快楽にのみ没頭《ぼっとう》していました。自分の口から小刻みな息を漏らし、時折悲鳴を発することを私は制止することが適《かな》いませんでした。やがて子宮の辺りから大きなマグマが噴出し、身体中を駆け巡ります。マグマは最後、脳髄《のうずい》に到達したように思えました。その瞬間、私は自分の身体が大きく痙攣《けいれん》するのを感じました。貴方はそれを確認すると、ようやく恥ずかしい部分から顔を外し、最初に二人の身体を絡み合わせた時の姿勢に戻りました。

「ご免なさい」

私は貴方に謝りました。貴方は「謝ることなんてないよ、君が気持ち良ければそれで、僕は嬉しい」といいました。

「でも、本当は、女のコの裸になんて、触りたくないのでしょ。見ても触っても欲情しないし、かえって不快になってしまうのでしょ」

「君の身体は別だよ」

私は勇気を出して、貴方の股間に手をやりました。そこにあったものは、柔らかくて小さなくるくるシイタケでした。恐いけれど、恐いけれど、私はそれに触れたかったのです。触れた途端《とたん》、怯《おび》えは嘘のように消え去りました。私はそれを硬いくるくるシイタケにしようと、破廉恥《はれんち》であると知りながらいろんな力加減で扱《しご》いてみました。が、貴方のくるくるシイタケは、何の反応も示しませんでした。

「口でしてみてもいいですか」

私はとんでもないことを口走っていました。

「うん、構わないけれど、君は子供の頃の耐え難《がた》い出来事を思い出してしまうんじゃないかな」

「多分、平気です」

私は一生懸命、貴方のくるくるシイタケを成長させようとしました。が、どれだけ長い時間を費やしても、それは変化しませんでした。申し訳なくて、私はその行為をしながらつい、涙腺《るいせん》を緩《ゆる》ませてしまいました。ぽたりと腹部に落ちた滴《しずく》を、敏感に貴方は涙だと察知したのでしょう。私の行為を中止させると、私の身体を自分の身体が仰臥《ぎょうが》していたところに横たえるように指示しました。

「僕こそ、ご免ね。一生懸命、君が僕の為にやってくれたのに、僕のものはちっとも応《こた》えようとしない。もしかすると、君になら、僕は欲情するかもしれないと、期待したんだけれどね。僕の心と身体は不便だなぁ」

私は首を横に二回、振りました。貴方は私の上に覆いかぶさり、一度、強い力で抱擁をしました。そして私の顎《あご》の下に自分の頭をくっつけると、私の首に両腕を廻しました。

「こうしているだけで、とても安心するんだ。君の身体全体の体温を僕の身体全体の肌で感じ取る時、僕は永遠の世界に生きる幼子《おさなご》になれるよ。未来に何の不安も感じることがない永遠の幼子にね。ねぇ、お願いがあるんだ。今夜はこうして、このまま、君の身体に僕の身体を預けたまま、眠ってもいいかな」

私はそういって眼を静かに閉じる貴方の頭をそっと撫でました。やがて、軽《かろ》やかな貴方の寝息が聞こえてきました。人は私達のこの一夜を一体、何と呼ぶでしょう。そんなことは知りません。でも確かにこの夜、私と貴方は番《つが》いました。それは決して結合ではなく、セックスでもなかったけれども、私達は確かに番ったのです。私達の恋愛とこの一夜をプラトニックなものと捉えることは間違いです。何故なら、私達は、身体と身体が重なることによって得られる幸福を知ったのですから。インサートという儀式は行えなかったものの、私と貴方は互いの身体を、確かに求め合ったのですから。

穏やかに眠るあどけない寝顔のまま、しっかりと私の身体から自分の身体を離さずにいる貴方は、やがて胎児のように身体を丸くしました。貴方が私の身体に自分の身体を密着させているせいで、私は片手しか自由に動かせませんでしたが、何とかして何時の間にかベッドの横に落ちた毛布《もうふ》を拾うと、それを二人の身体の上に掛けました。毛布の中は二人だけのシェルター。誰にも侵されぬ二人きりの居場所。眠る貴方の呼吸に自分の呼吸を併せてみると、二つの身体が溶け合って一つになっていくような錯覚に捕われました。その錯覚（否《いや》、それは錯覚ではなかったのかもしれません）は、私の中から私が抱えて生きてきた全ての悲しみと淋しさを消滅させていきます。やがて、私の頭上に天使達が月桂樹《げっけいじゅ》の冠《かんむり》の形をした睡魔を抱えて舞い降ります。天使達はえもいわれぬ甘美《かんび》な香りを漂わせた冠を、私の頭に被《かぶ》せるといいました。——これから二人は夢の中で番うのです。朝が来て、目覚める迄のしばしの時間。そこで二人は真の永遠の番いを知ることでしょう。人は時間によって支配されていますから、時間軸の中に永遠を望むことは出来ません。が、永遠はちゃんと存在するのです。夢の中で番うことにより、貴方達は時間枠の埒外《らちがい》にある永遠を手にすることでしょう。安らかに、おやすみなさい。天使達はそういうと、すうっと姿を消しました。私は月桂樹の香りに誘《いざな》われ、貴方が先に入っていった眠りの世界へと沈んでいきました。

もう何処《どこ》にも行かなくていいのです。居られる場所を探さなくてもいいのです。居る場所なんて必要ない。だってそんな場所がなくたって、もう私には帰るべき場所が出来たのですから。こんな夜を二人が過ごすことはもうないでしょう。裸体になり、互いの肌の温もりを求め合うのは、きっとこれが最初で最後でしょう。たった一度きりの番い。たった一度だけの必然。貴方がこの世界に生まれたことを、そして私がこの世界に生まれたことを、私は祝福します。多分、私は貴方と出逢う為にこの世に誕生したのです。貴方とこうして番う為に、生命と身体を渡されたのです。生まれてきて良かった。この残酷な世界に生み落とされたのは、きっと貴方に出逢う為だったのですよね。生まれて初めて、私は自分が生きていることを感謝しました。この夜に二人が番ったことを私は誰にも教えることがないでしょう。やがて貴方は SUPER LOVERS のお洋服を脱ぎ、自らのリビドーを受け入れてくれる人に出逢うのかもしれない。そして私も何時《いつ》しか、Emily Temple cute のお洋服を着なくなるのかもしれない。一生、二人が寄り添いながら生きていく可能性は、著《いちじる》しく少ないでしょう。貴方は前にどんどんと前進し、時に打ちのめされ、何度も敗北を味わう。そうすれば戻ってくればいいのです、この夜に。私もまた、未知なる数々の季節の中を手探りで歩き、転び、修復不可能なくらいに破損し、自らを見失うでしょう。でもその時は、必ず戻ってくるのです、この聖なる夜に。この夜とこの夜の番いは時間軸の外で永遠に存続し、私達の帰りをずっと待っていてくれるのですから。

解説

綿矢りさ

高校の頃から嶽本野ばら作品を読んでいて、特に『鱗姫』と本書中の「エミリー」が好きで、何度も読み返していた。

読者の方々の中には「エミリー」の主人公エミリーのように、ロリータファッションに身を包んでいる方もいらっしゃると思うが、私もあの〝全身固めて初めて成り立つ〟ファッションを着たかった。

ロリータファッションは一時期とても流行《はや》り、お人形のような格好をして日傘を差し厚底靴を履いて歩く女の子たちが街で見られるようになり、マスコミにも取り上げられた。

その頃私は中学二年生で、ファッションの流行を意識し始めた頃にちょうど流行ったということもあり、強く印象に残っている。ロリータは短い時間の間にパンクロリータもしくはゴスロリへと進化していき、厚底の厚さが履いている人間が歩けないほどにまでなったり、日傘やシルクハットなどの小道具が追加されたりと、どんどん過激になったことを覚えている。

そんな中で私は、白くてレースでヘッドドレスで頬《ほお》はシュガーピンクのファンシーな洋装、もしくは森永ビスケットのマリーの赤いパッケージに小さく描かれている女の子のような基本的な格好に憧れていた。しかし普段おしゃれでないのに、いきなり過激な格好になったら自己顕示欲の現れと思われるのが怖くて着られなかった。本書からも読み取れる通り、中学生や高校生の頃は悪目立ちしてしまうことを極端に避けて生きる時期だ。「エミリー」を読むとロリータファッションは、勇気をもって専門店で買い物をしても、着て外へ出るところからの道のりが大変のようだ。偏見と闘わねばならないリアルな辛《つら》さが描かれていて、もし自分だったらこの試練に耐えられたかと想像すると、難しい。

ロリータファッションについて描かれた嶽本野ばら作品を読んでいると、あの頃の着たくても着られなかった思いが昇華されていく。

この本には抑制のきいた装丁からは想像もつかない、過激な三つの恋愛物語が収められている。謎めいた男性と彼に恋してしまった女性とのお話「レディメイド」、厭世《えんせい》的で自殺まで考えている男性と、自分に自信が持てない病院の受付の女性のお話「コルセット」。そして、前述の「エミリー」はロリータの女の子と、男性しか好きになれない男の子とが出逢《であ》うお話。

いずれの物語も主人公の心の叫びから始まる。切実に一生懸命しゃべってくる、耳を傾けずにはいられない。

「レディメイド」は絵画芸術を、「コルセット」と「エミリー」は服飾を軸にして物語が展開していく。主テーマは恋愛だが、登場人物たちのこれら芸術・洋服への愛情も読みごたえのある副題になっている。

単行本の帯には〝乙女の魂を持つ者だけが理解出来るかつて存在しなかった孤高の恋愛小説集〟とあったが、乙女の魂を持っていない人もきっと理解出来るだろう。なぜならこの本のなかで著者の嶽本野ばらさんは〝乙女〟について、目に浮かぶような可愛い洋服を通して、登場人物の生き様を通して、かいがいしく丁寧に教えてくれるから。〝分かる人には分かる〟という考えの下に創られたお話ではない。

私は〝乙女たる者自分の美意識を貫くべし〟というメッセージをこの本を読んで強く感じる。本書だけではなく嶽本野ばらさんの他の著作を通しても伝わってくるメッセージだ。そして乙女といっても女の子だけの物ではない。「コルセット」の主人公は男性だが立派な乙女魂の持ち主で、とても乙女だ。野ばらさんの提示する美意識は性別や年齢を超える。

乙女魂や美意識というよりも、生き様、に近いのかもしれない。

そしてその美意識はただ甘いだけではない。うっとり読んでいると、破壊力抜群の言葉になぎ倒される。既にこの本をお読みになった方々には理解していただけると思うが、「エミリー」のくるくるシイタケ様の突然の登場には読み返す度、衝撃を受ける。

丸出しの言葉たちが築き上げられた美しい世界を破壊する。しかし美しい世界はまた命を吹き返し、暴力的な言葉たちをも包み込む。〝清濁併せ呑む〟という言葉、私はとても好きなのだが、まさにそれだ。過剰に着て過剰に脱ぐ。嶽本野ばらさんの小説はパワフルだ。「コルセット」も「エミリー」も緋色《ひいろ》の重い幕がするすると降りて来そうな劇的なラストには美意識のしぶとさを感じる。美意識という言葉には似つかわしくないはずの〝へこたれない〟という言葉さえ思い浮かぶ。

本には、主人公になりきってその世界観に浸ることのできる本と、寓話のように物語を遠くから見ることで象徴、提示されているものを読み解く本があるのではないかと思う。この本は語り部《べ》が一人称だし〝ロリータのためのロリータ本〟で、読み始めは前者の印象を受けるが、実は後者なのではないだろうか。

「エミリーは私です」と言い切る読者にも、そこまでは思わない読者にも物語を読み進めていける、主人公と読者の距離があり、風の通りが良い。

それは何故かを考えてみた。「エミリー」は意地悪で下品な〝その他〟の人間たちと彼らと闘う私、という視点で描かれている。外野の人間の方がまともだと読み手は感じるのだろうか、とも考えたが、しかし外野に共感を寄せることもこの物語は禁じている。外野は外野であまりにも遠景としてしか描かれていない。

主人公が結構打たれ強いから気づきにくいが、嶽本野ばら作品において主人公の背負う苦難はかなり重い。深い意味が隠されているんだよと匂わせる一文も無い。「エミリー」は実はアンデルセンの童話「パンを踏んだ娘」——足が濡れるのが嫌で水たまりに落とした一斤のパンを踏んで渡ろうとして神の逆鱗《げきりん》に触れて底なしの水たまりに落ちていき二度と元の世界に戻れなかった娘——くらい不条理に不幸だ。

読者が主人公に自分を重ね合わせて彼らの不幸に酔いしれるというより、第三者としてその罰のすごさに恐れをなす。そんなところも嶽本野ばら作品の特徴だ。

昔のファッション雑誌を見ると、写真に写されたファッションやモデル、おしゃれの小技などはその時代に生きた人間にしか分からない良さがあって、現代の目から見ると古臭く映るのがほとんどだ。しかし文章での服飾の描写は時代を超える。人間の美しいものへの憧れを源にして湧く、豊かな想像力を刺激する。

――金髪の縦ロールの碧眼《へきがん》の少女モデルは、白いレースがそこかしこにあしらわれた半袖のパフスリーブのブラウスの上に、淡い水色の胸の下にリボンの付いたサンドレスを着ていました。腰から下のスカート部分は大きく、まるでロココ時代の貴婦人のドレスのように膨らんでいます。彼女は赤いギンガムチェックの部屋の中に、まるでお人形のように佇《たたず》み、屈託のない笑顔を零《こぼ》していました。――（「エミリー」より）

美しいものへの愛が伝わってくる描写は、いつの時代の人間もうっとりさせるに違いない。

初出誌

レディメイド……「フィガロジャポン」（2001年11月20日号）

コルセット……「小説すばる」（2001年11月号）

上記の作品に、単行本刊行時大幅に加筆改稿しました。

エミリー……単行本刊行時書き下ろし作品

引用出典

「ランボー詩集」　アルチュール・ランボー／詩

堀口大學／訳（新潮文庫）

この作品は、2002年4月、集英社より刊行されました。

集英社文庫

エミリー

2005年5月25日　第1刷

定価はカバーに表示してあります。

著者　嶽《たけ》本《もと》野《の》ばら

発行者　谷山尚義

発行所　株式会社　集英社

東京都千代田区一ツ橋2―5―10
〒101-8050

電話　03（3230）6095（編集）
(3230) 6393（販売）
(3230) 6080（制作）

印刷　凸版印刷株式会社

製本　凸版印刷株式会社

造本には十分注意しておりますが、乱丁・落丁（本のページ順序の間違いや抜け落ち）の場合はお取り替え致します。購入された書店名を明記して小社制作部宛にお送り下さい。送料は小社負担でお取り替え致します。但し、古書店で購入したものについてはお取り替え出来ません。

ISBN4-08-747818-1 C0193